# LES SECRETS
# DE LA
# VIGNE BLEUE

CATHERINE WOLFF



Éditions
Terre d'HistoireS

Couverture : Shutterstock/Studio City

ISBN : 978-2-8246-1041-2
Code Hachette : 80 8740 0
Catalogues et manuscrits : city-editions.com/terredhistoires



Dépôt légal : Août 2017

# 1

# Rose

*Obernai, lundi 27 septembre 1880*

Un jour je serai riche. Un jour je serai riche. Un jour je serai riche, riche, riche…

Dévalant l'étroit escalier avec une agilité impressionnante, Rose Margraff débitait son mantra journalier. Une formule qu'elle récitait mentalement tous les matins au moment de partir pour la manufacture Mohler.

C'est madame Kintz, la femme du notaire, qui avait fait naître l'idée dans la tête de la jeune fille, un jour où elle était venue chez les Margraff pour chercher l'argent du loyer que Linette, la mère de Rose, avait oublié de payer. *Oublier*, un verbe trop commodément utilisé par Linette lorsqu'elle ne pouvait honorer une échéance. Du moins était-ce le reproche que lui faisait madame Kintz sans pour autant la mettre au pied du mur par égard pour sa fille, Rose.

Ce dimanche-là, Rose avait reçu la femme du notaire dans la seule pièce convenable, la salle à manger. Une pièce sombre, au plafond bas, meublée simplement, avec pour seule afféterie, des rideaux de mousseline jaune de part et d'autre des deux fenêtres donnant sur la rue. Et tandis que madame Kintz ramassait une à une les pièces d'argent disposées en un petit tas sur le bord de la table, Rose, debout à quelques mètres derrière elle, ne pouvait s'empêcher d'admirer l'arrogante distinction de la propriétaire des lieux, une aristocrate de naissance, qui portait une jolie robe de couleur parme, un chapeau assorti et des souliers bien cirés. Et, comme si madame Kintz avait deviné les pensées de sa pensionnaire, elle se retourna et lui lança comme un reproche en la fixant droit dans les yeux :

— Qu'attends-tu pour te marier, Rose Margraff ! Tu sortirais de cette misère. Tu n'es pas vilaine. Il doit bien y avoir quelqu'un de convenable qui s'intéresse à toi !

Puis madame Kintz avait sorti une boîte de confiserie de son sac, et l'avait soigneusement posée sur la table comme elle l'aurait fait avec un objet fragile. Rose l'avait regardée faire, gênée. Elle ne supportait pas qu'on lui rappelle sa condition. Elle se sentait médiocre, petite, insignifiante, comme un tas de rien que l'on peut traiter avec mépris. C'était insupportable pour elle ! Et, comme si cela ne suffisait pas, madame Kintz enfonça le clou en ajoutant orgueilleusement : *Ma brave fille, n'hésite pas à venir me voir, à mon domaine, j'ai donné des ordres pour que des repas chauds te soient servis à chacune de tes visites. Je sais dans quelle situation tu es !*

Ce n'est pas tant l'initiative qui dérangeait Rose, mais l'inflexion condescendante avec laquelle madame Kintz, consciente de sa supériorité, avait dit ces mots. Et son regard aussi, oui, son regard glacial, un regard de juge balayant à tout jamais le peu de dignité que Rose avait réussi à garder d'elle-même. L'humiliation subie ce jour-là fut si offensante pour la jeune fille, qu'elle se jura : *Un jour je serai riche ! Un jour je serai riche !* Et, si Rose avait ignoré jusque-là le moyen de le devenir, ses doutes s'étaient dissipés ce matin-là. Madame Kintz avait raison ! Elle épouserait un *monsieur* et deviendrait une femme respectable. Bien que la réalité étouffât cette utopie. Elle était pauvre.

La matinée était pluvieuse. La température encore douce en ce début d'automne qui s'était invité dans la petite ville d'Obernai après un été agité par les orages. À cette heure matinale, le silence dominait dans la rue des Capucins. Un quartier étriqué. Un quartier d'ouvriers.

Tout en trottinant en direction de la maison voisine située en contrebas, Rose se sentit presque heureuse. Sa mère lui avait annoncé son imminent retour à la maison. La jeune fille s'en réjouissait, quoi qu'elle accordât davantage ce revirement de situation au coup du sort plutôt qu'à l'envie de sa mère de la retrouver. Depuis l'automne dernier, où Linette Margraff avait surpris Benoît Grasser, dit Bougras, le propriétaire de La Couronne avec qui elle vivait depuis trois ans, en pleins ébats amoureux avec une paysanne de Rosheim, le couple battait de l'aile. Cela laissait présager une rupture prochaine. *Tant mieux*, songea Rose, *une fois ma mère de retour à la maison, je m'occuperai d'elle et tout rentrera dans l'ordre.*

Une brise se mit à souffler, lui caressant le visage. Elle soupira profondément. L'hiver arrivait à grands pas, et Rose n'aimait pas l'hiver. Elle s'arrêta devant une maison grise aux murs menaçants avec une façade à colombages, ennoblie d'un oriel. Elle tambourina contre le bois défraîchi de la porte avec la paume de sa main. Une voix déchira le silence d'un *J'arrive* retentissant. Une fraction de seconde plus tard, Barbel, son amie d'enfance, se trouva debout sur le perron.

— Tu es encore en retard, Rose ! Allez, on se remue !

Tout en marchant, Barbel lorgnait le ventre de Rose, rougissant à chaque fois que cette dernière la surprenait.

— Qu'est-ce qu'il y a ? demanda Rose au bout d'un moment, agacée par cette attitude.

— Tu es sûre ? Vraiment sûre ?

— Oui, il n'y a pas de doute. J'ai vu la grande Sophie. Elle m'a dit de le faire dans les jours qui viennent, sinon il sera trop tard.

— Ne crains-tu pas qu'elle parle ?

— Non, elle a l'habitude.

— Et qu'est-ce que tu vas faire ?

— Comment ça, qu'est-ce que je vais faire ?

Barbel haussa les épaules, visiblement embarrassée.

— Tu vas le garder ?

— Je ne sais pas.

— Dans quelques mois tu ne pourras plus cacher ton état…

— Je sais.

Le reste du chemin se fit en silence, chacune plongée dans ses pensées.

Rose et Barbel avaient grandi rue des Capucins. Destinées à travailler à la manufacture de tissage Mohler, située à proximité du centre, à quelques mètres de l'église, comme beaucoup de jeunes gens de leur âge, elles étaient devenues amies. Non, Rose n'usait pas ses jupes sur les bancs de l'école comme elle aurait souhaité, mais à la fabrique depuis l'âge de onze ans, depuis la mort de son père. Elle donna un gros coup de pied dans un caillou qui encombrait son chemin. Rien dans sa vie n'était comme elle l'aurait voulu. Quand pourrait-elle enfin penser à elle, et saisir toutes les faveurs de la vie dont elle rêvait depuis si longtemps ? Sa vie allait changer, elle le savait, elle le voulait, mais ignorait encore par quel subit miracle cela se pourrait dans l'état actuel des choses.

— On va arriver en retard, bougonna Barbel alors qu'elles franchissaient le haut portail de la fabrique. Elles traversèrent la cour en accélérant le pas, puis montèrent une dizaine de marches et pénétrèrent dans le vaste atelier, où une odeur âpre de graisse et d'humidité les accueillit. Vingt métiers à tisser ainsi que l'étouffoir, au fond, destiné à la réception des cocons des vers à soie et à la préparation des fils, s'étalaient de part et d'autre d'une grande allée centrale. À peine avaient-elles franchi la porte que le dernier coup de cinq heures retentit au clocher. Déjà le grand Léon, un gringalet pâlot et rébarbatif proche de la quarantaine, contremaître chez Mohler, avançait vers les jeunes filles, avec la démarche d'un paysan arpentant son champ. Barbel passa devant lui en lui lançant un rapide *bonjour monsieur Léon* et fila instantanément à sa place. Rose tenta d'en faire autant, mais la cravache du grand Léon fut plus rapide, et se campa, coriace, au creux de son épaule.

— Quelle heure est-il, Margraff ?

Elle s'arrêta, se retourna, et bien que terrorisée, le considéra avec arrogance, décidée à ne pas se laisser impressionner.

— Cinq heures.

Le contremaître, qui nourrissait une rancune à l'égard de la gent féminine à cause d'un amour déçu, renchérit :

— Cinq heures deux, Margraff.

Le silence tomba comme un couperet. Les ouvrières s'étaient tournées vers l'entrée pour observer la scène. Qui de Rose ou de Léon allait tirer son épingle du jeu ? On attendait, craignant pour Rose. Le grand Léon avait une réputation de persécuteur, de despote hargneux et rigide, exigeant une obéissance absolue et une rentabilité maximum, sinon c'était l'amende ou pire encore, le congédiement. Rose ne pouvait se permettre d'être à l'amende. Les médicaments de sa mère coûtaient cher. Et il y avait cet enfant qui allait naître !

— Non. Il est cinq heures.

Rose, debout face à Léon, fixait, angoissée, l'homme qui allait décider de son avenir. Elle ne pouvait se permettre de perdre la face. Qui la prendrait au sérieux si elle devait faillir face au contremaître ? Elle tremblait de tout son corps, certes, et le chaud monta à ses joues, mais elle ne se laisserait pas faire. Elle n'ignorait pas que le grand Léon la craignait pour sa langue bien pendue, et qu'il n'espérait qu'une chose, apprivoiser la femme fière et rebelle qu'elle était.

— Tu ne perds rien pour attendre, crâna-t-il de sa voix éraillée, un peu comme celle d'une roue de poulie mal huilée.

Et, se retournant vers les ouvrières qui s'étaient arrêtées de travailler pour chuchoter entre elles, il s'écria :

— AU TRAVAIL ! BANDE DE FEIGNASSES ! ALLEZ !

Tandis que Rose se dirigeait vers son métier à tisser, redoutant de s'écrouler à chacun de ses pas tant elle avait eu peur, elle se dit que les jours à venir, elle veillerait à ne plus être en retard. Elle s'en était bien tirée cette fois, mais au prochain coup, il ne la raterait pas. Léon s'en prenait à elle depuis le jour où elle avait intégré l'atelier.

Elle s'installa devant son métier mesurant pas loin de vingt mètres de long, et comportant une quarantaine de broches. C'était parti pour quatorze heures de travail ! Concentrée sur les bobines de soie qui s'entrecroisaient dans un mouvement régulier, elle refusait de se laisser submerger par la peur de l'avenir, sinon il ne lui restait plus qu'à sauter du Kappelturm[1]. *Mais quelle imbécile !* se reprocha-t-elle dans un murmure, *comment ai-je pu me retrouver dans cette situation ?* Il lui fallait trouver une solution, et vite.

1. Beffroi : en 1285, Obernai, ville impériale, est alors florissante et le Conseil impérial peut s'offrir ce chef-d'œuvre de la Renaissance. La dépense est somptueuse : 1 672 livres, 16 shillings et 16 deniers. Le beffroi servait surtout à la surveillance des alentours, une surveillance aisée. Il culminait à 72 mètres. Les guetteurs protégeaient les troupeaux, et surveillaient les vignes, la richesse de la ville.

# 2

# La veuve Margraff

Un peu plus tard, en fin de matinée, Linette Margraff arriva devant son ancienne demeure, rue des Capucins. Encore tout ankylosée par une nuit semée de cauchemars, elle jurait comme un charretier à l'encontre de Bougras qui l'avait jetée à la rue avec pertes et fracas, tôt le matin, après une terrible dispute à cause de cette paysanne de Rosheim, Jeanine, qu'elle avait surprise dans les bras de son amant, la veille, dans l'arrière-cour.

*Nom d'une garce !* marmonnait-elle en tournant promptement la clé dans la serrure. *Et ma maudite tête ! J'ai l'impression d'avoir une enclume au sommet de mon crâne, sur laquelle on tape sans pitié.* Une fois à l'intérieur, elle jeta son baluchon dans un coin et monta les marches jusqu'au premier étage. Lasse, elle se glissa au fond de son lit, et s'endormit.

Linette était veuve depuis dix ans de Lucien Margraff. Elle vivait depuis trois ans chez Benoît Grasser, plus connu sous le nom de Bougras, le propriétaire de l'auberge de la Couronne, faisant fi des médisances et des ragots colportés par les voisins et la société obernoise à son sujet. *Je n'en ai que faire de leurs préjugés... Je n'en serais pas là, si cette maudite guerre ne m'avait pas pris mon Lucien,* répondait-elle aux faiseurs de morale.

Dix ans plus tôt, tout semblait pourtant sourire à cette grande fille aux cheveux blonds qui, bien que de condition modeste, avait épousé le fils d'un tonnelier de Barr, Lucien Margraff. Tous les ingrédients pour un bonheur durable semblaient réunis. Ils s'aimaient. C'était le temps de l'insouciance, de l'amour, des fous rires et des projets.

Lucien, aidé et conseillé par son père, avait monté sa propre affaire dans une maison à deux étages, rue des Capucins. La demeure située au milieu d'une côte telle une grande gigue solitaire, bariolée de poutres transversales et diagonales, avait un bon potentiel pour installer un atelier au rez-de-chaussée. Celui-ci donnait sur une cour intérieure avec une remise. En 1870, un an à peine après avoir démarré, Lucien fut contraint d'embaucher deux ouvriers, ne pouvant plus à lui tout seul assurer toute la charge de travail. Linette accoucha de Rose et continua à travailler à la fabrique Mohler en attendant que Lucien se soit fait une clientèle.

Le couple était heureux. Mais Linette faisait partie de ces femmes nées, semble-t-il, pour attirer à elles les ennuis. La fatalité n'étant pas synonyme de bonheur, on peut aisément imaginer le destin qui serait le sien.

Cette même année, Lucien fut mobilisé de force dans le 18e régiment d'infanterie de ligne[1], comme bon nombre de jeunes gens.

Trois mois plus tard, Linette reçut la visite de deux officiers qui lui annoncèrent le décès de son époux, mort aux abords de Frœschwiller, alors qu'il menait ses chevaux

1. Forces militaires en présence lors de la Bataille de Frœschwiller-Wœrth (1870), qui eut lieu le 6 août 1870 au début de la guerre franco-prussienne.

boire dans la Sauer[1]. Un coup terrible pour cette femme qui s'effondra de douleur pour ne se relever que quatre ans plus tard.

Odile Bernstein, une voisine, prévenante et pleine de compassion, s'occupait de la petite Rose et de Linette. Mais le chagrin terrassait la veuve qui s'était mise à boire plus que de raison, prétextant que le vin l'empêchait de penser. Monsieur le maire d'Obernai, Heinrich Gierlich, avait tout mis en œuvre pour trouver à madame Margraff un logement plus petit, et moins cher, mais Linette voulait demeurer rue des Capucins, allant jusqu'à menacer de se tuer, si quiconque tentait de la déloger. Les Kintz ne voyaient aucun inconvénient à continuer de louer la maison à la veuve, qui demeura, rue des Capucins.

Les semaines passèrent, puis les mois, et les années. Linette était devenue alcoolique. Aidée d'Odile Bernstein et d'Albertine Heim, une autre voisine, la veuve arrivait tant bien que mal à gérer son quotidien entre les quinze heures à la fabrique et sa petite fille, Rose, qui passait le plus clair de son temps chez Odile, elle-même mère de quatre enfants.

Un jour, Benoît Grasser, dit Bougras, le tenancier de l'auberge de la Couronne située côté sud de la place du Marché, était venu rendre visite à Linette. Cela fit beaucoup parler, rue des Capucins. Il était comme un grand gamin maladroit, avec son bouquet de fleurs à la main. Lui-même veuf, il avait dans l'idée de fréquenter madame Margraff, et pour ce faire, il se mit en tête de la conquérir. Il lui disait que son cœur saignait d'amour pour elle. Mais Linette ne se laissait pas attendrir. Elle résistait. Lui s'obstinait, la comblant de cadeaux. Certains soirs, il faisait le joli cœur sous sa fenêtre. Cela séduisait Linette qui avait oublié les

1 Sauer : rivière franco-allemande longue de 70 kilomètres.

plaisirs de l'amour depuis longtemps. Un jour pourtant elle accepta de dîner avec lui, dans son restaurant. Il lui fit envoyer une jolie robe. Bien que peu encline à refaire sa vie, la jeune femme fut touchée par cette attention. L'acharnement de Bougras ne fut pas vain. La veuve s'abandonna à cette passion, scandalisant voisins et bonne société par son mépris des conventions. Au début de leur union, Linette partageait son temps entre l'auberge et la rue des Capucins. Bougras jouait les amants protecteurs. Cela plut à Linette. Elle ne fut pas longue à s'installer chez lui. Deux mois plus tard, elle se retrouvait à briquer l'auberge, quand elle n'était pas derrière les fourneaux à aider la cuisinière. Rêves et ambitions s'écroulaient. Elle avait compris que cette relation n'était qu'une mascarade.

Rose n'aimait pas Bougras. Elle avait tout juste cinq ans quand elle fit la connaissance de ce gros bonhomme joufflu et excessif. La petite fille était pourtant persuadée que si sa mère retrouvait un compagnon, tout redeviendrait comme avant, comme du temps où son père vivait encore. Elle aurait à nouveau une vie heureuse, rythmée de fous rires et de promenades, de veillées au coin du feu à se raconter des histoires, et à chanter. Mais le nouvel homme de sa mère n'était pas comme son père. Il était arrogant et parlait fort, avec un regard de tortionnaire qui vous glaçait le sang lorsqu'il posait ses yeux sur vous.

Et puis ce nouvel homme aimait la bière et le schnaps. À cause de lui, sa mère buvait trop de bière et de schnaps. Du moins était-ce le raisonnement de la fillette. En réalité, l'alcool aidait Linette Margraff à oublier son malheur.

Commencèrent alors pour la fillette des jours pénibles et solitaires. L'enfant qu'elle était regardait, impuissante, sa mère devenir une étrangère pour elle.

Après son retour et son long somme, Linette se réveilla en fin d'après-midi. Avec hargne, elle repoussa de ses pieds l'épaisse couverture qui la recouvrait et tenta de s'asseoir, tant bien que mal, au bord du lit. Puis elle se leva, chancelante, et se dirigea vers la porte entrouverte pour se rendre à la cuisine. Elle avait soif. *Quelle heure est-il ?* songea-t-elle. *Il n'y a personne dans cette fichue baraque ? Rose ? Tu es là ?*

Elle avança jusqu'à la cage d'escalier, posa son pied sur la première marche. Elle ne vit son châle rouge tomber que lorsqu'il effleura sa cheville et la chatouilla. Elle essaya bien de se pencher pour le rattraper, mais son pied glissa sur la marche. Elle perdit l'équilibre. Son corps dévala la cage d'escalier, pareil à une marionnette dégingandée.

# 3

# Un destin incertain

Ce même jour, à vingt heures précises, la sirène de la manufacture se mit à retentir dans la nuit telle une complainte languissante. La journée de travail s'achevait. Les ouvriers, éreintés et rompus, abandonnaient leur poste de travail dans un silence de mort. Dehors la nuit était tombée, et dans le ciel, la lune ronde et blonde éclairait d'une lumière blafarde les rues d'Obernai. Les bois et les coteaux, caressés depuis le matin par les rayons d'un soleil automnal, diffusaient des fragrances exquises remuant toutes les âmes de la Terre.

Rose, immobilisée au milieu de la masse humaine bloquée devant la porte de sortie, essayait de trouver Barbel du regard. Ne la voyant pas, elle se mit sur la pointe des pieds, quand brusquement, sans qu'elle sût comment, elle se trouva nez à nez avec le grand Léon. La chaleur de sa respiration saccadée humectait son visage, et une âpre odeur de sauvagerie émanait de son corps.

— C'est moi que tu cherches ? lui demanda-t-il d'un ton égrillard, en posant ses mains moites et affolées sur son corps.

— Laisse-moi tranquille !

— Si tu te laisses faire, je ne te ferai plus d'histoires, répliqua-t-il en lui pinçant les seins, je peux même te faire avoir une augmentation.

La beauté arrogante de Rose suscitait chez Léon une irrésistible envie de la posséder. Il était pénétré par un sentiment de frustration, parce qu'il se sentait incapable d'apprivoiser celle qu'il voulait dominer et faire sienne.

— Arrête, je te dis, protesta Rose.

— Allez, laisse-toi faire.

Mais Rose, qui parvint à se dégager d'un seul coup en lui envoyant un coup de pied bien placé, profita de la surprise du contremaître pour disparaître au milieu de ses congénères.

— Tu perds rien pour attendre, hurla-t-il.

Rose se dit qu'un jour elle lui cracherait son mépris à la figure. Mais pour l'heure, il fallait tempérer. Ce n'était pas le moment de perdre son emploi.

En franchissant le haut portail de la fabrique, elle aperçut Barbel, Jules, Henri et Gretel qui l'attendaient à la lueur des lanternes, sous un platane centenaire. Ils étaient ses amis depuis l'enfance. Elle les aimait bien. Ils étaient sa famille. Tous les soirs, ils faisaient ensemble le trajet entre la fabrique et la rue des Capucins. Une habitude instaurée depuis longtemps. Tout en marchant, Jules s'approcha de Rose. Il était amoureux d'elle, un peu timide aussi, c'est bien pour cela qu'il n'avait jamais osé le lui avouer. Mais ce soir, il se sentait prêt, prêt à lui confesser son amour grandissant pour elle, prêt à libérer son cœur de l'angoisse de ne pas être aimé en retour. Et puis il y aurait le bal des vendanges, bientôt. Il avait dans l'idée de lui demander de l'accompagner, une bonne opportunité pour lancer le sujet. Barbel, Henri et Gretel marchaient derrière eux, plaisantant, de tout et de rien. Leur rire bon enfant égayait la nuit sereine. Ils se racontaient des anecdotes horribles sur les Prussiens, et comme si cela les soulageait, ils se moquaient d'eux, de leur tenue, de leur attitude rigide.

— On dirait des soldats de plomb… éclata franchement Gretel en essayant d'imiter leur démarche raide et droite.

— En attendant, ce sont ces soldats de plomb qui nous dirigent, souligna Jules sans enthousiasme.

— Nous n'en serions pas là, si l'état-major général avait fait preuve de plus de compétence, répliqua Henri.

— Et si j'en épousais un ! pouffa Gretel.

— Un quoi ?

— Un de ces soldats de plomb. Je n'aurais peut-être plus besoin d'aller chez Mohler. L'autre jour j'en ai croisé un, à la boulangerie. Il était beau ! Je crois bien que je lui plaisais aussi.

— C'est peut-être ça la solution ! répliqua Rose sur le ton de la plaisanterie. Puis se tournant vers Gretel, elle ajouta :

— Moi je prendrais un commandant.

Alors, Jules vit rouge.

— Un commandant ! Mais tu ne sais même pas lire, ricana-t-il avec mépris.

— Qu'est-ce que ça peut te fiche, que je sache lire ou pas ?

Cette repartie blessa Jules. Pour n'en rien laisser paraître, il se crut obligé d'ajouter :

— Si tu tardes à te marier, tu finiras comme ta mère, au fond d'une gargote mal famée…

Le silence tomba comme un couperet. Rose arrêta net sa marche, comme pétrifiée. Les autres en firent autant. Ils étaient maintenant devant l'église Saints-Pierre-et-Paul[1]. Jules était allé trop loin. Rose le toisait à la lueur de

1. L'église paroissiale Saints-Pierre-et-Paul fut construite entre 1865 et 1870 dans le style néogothique par Eugène Petiti, architecte, et les entrepreneurs Jean-Baptiste Perisse de Badonviller (1865-1867), Jean-François Connard (1867-1868) et Florent Rudloff (1868-1871).

la lanterne. Ses yeux brillaient sous le coup de la colère. Furieusement, elle ôta une mèche de cheveux qui s'était glissée sur son visage. Elle paraissait vouloir bondir sur lui à tout moment. Elle ne pouvait souffrir que quiconque aborde le sujet de sa mère.

D'ailleurs, elle-même se l'interdisait. Sa mère était ce qu'elle était, mais avant toute autre chose, elle restait sa mère. Et Rose aimait sa mère. C'était la première fois que Jules avait parlé de Linette. Mais en évoquant la mère de Rose, il venait de perdre le peu d'estime qu'il avait aux yeux de la jeune ouvrière. Elle ravala les insultes qui se bousculaient dans sa tête. Où était passé le garçonnet attentionné qu'elle avait connu jadis, celui qui, à peine haut comme trois pommes, tressait pour elle des couronnes de fleurs pour orner ses cheveux ? Celui qui se prétendait amoureux d'elle ? Sans doute ne l'était-il pas tant que ça pour lui jeter à la figure, avec autant de mépris, ce qu'elle avait de plus cher au monde.

— Ne parle plus jamais de ma mère. PLUS JAMAIS !

Jules lâcha un petit rire nerveux, un peu comme s'il avait voulu minimiser son manque de tact.

— En ce qui concerne mon avenir, ce n'est pas ton affaire, reprit-elle d'une voix ardente comme pour cacher son trouble, il y a bien longtemps que j'aurais pu me marier si j'avais voulu ! Un bon gars qui te vaudrait dix fois mon petit Jules… J'ai reçu des propositions, encore la semaine dernière. Le fils du boucher… eh bien j'ai dit non, mon petit Jules. NON, NON… Ni le fils du boucher NI TOI. Je veux un *monsieur,* un vrai. Un *monsieur* de la ville. Un *monsieur* qui me sortira de chez Mohler.

— Arrêtez de vous disputer, essaya d'intervenir Henri. Vous allez nous attirer des ennuis. Oublions tout ça.

La petite troupe se remit en route, en silence. Barbel, qui aimait Jules de toute son âme de jeune femme encore pleine d'illusions, souffrait terriblement de voir ce grand nigaud batailler pour se faire aimer de Rose. Il était ridicule à côté de cette fille aux yeux clairs.

Rose et Barbel étaient amies depuis leur plus jeune âge. Elles en avaient passé, du temps, sous le porche effrité de la boulangerie du quartier à bavarder ensemble, serrant chacune une poupée en bois que leur avait sculptée le grand-père de Rose ! Aujourd'hui, elles étaient grandes. Tout était différent.

— Grand bêta ! lui dit Barbel alors qu'elle s'était approchée de lui les larmes aux yeux. Qu'est-ce que ça peut bien te faire que Rose sache lire ou pas ?

Jules baissa les yeux et rougit. Il était simple ouvrier et n'avait aucune possibilité de changer cet état. Il était conscient d'avoir peu de chance de séduire Rose. Parfois, il vendangeait chez un vigneron ou faisait les foins, ou encore la cueillette des fruits, comme bon nombre de jeunes gens du coin. L'argent ainsi gagné aidait sa mère, Odile Bernstein, à nourrir ses trois frères et sœurs âgés de cinq à dix ans. Son père, Alphonse, surnommé Phonse, passait ses nuits dans les tavernes malfamées où il dépensait son maigre salaire à boire du schnaps vendu à bon marché par les distillateurs allemands, et à discuter avec les nostalgiques du bon temps de l'époque française, laissant à Odile, et à Jules, la charge de la famille.

Rose ne pouvait envisager une vie entière se résumant entre la manufacture Mohler et la rue des Capucins. Un jour elle partirait. Évidemment qu'elle était née pauvre, mais ce n'était pas une raison pour le rester. Et puis elle savait lire ! Depuis près d'un an, à l'insu de tous, le curé, Antoine Lorber, lui enseignait le calcul, la lecture, l'écriture, la géographie et tout ce qu'une jeune fille de bonne famille devait connaître. C'était la détermination de Rose à vouloir s'instruire à tout prix qui avait décidé le saint homme à accepter l'affaire. Mais aussi grâce à Gertrude, une vieille amie de Linette, qui avait proposé le poste de bonne à Rose, car elle avait été appelée subitement auprès de sa belle-fille à Nancy dont l'accouchement de jumeaux s'annonçait difficile.

— J'ai parlé de toi à monsieur le curé, avait dit Gertrude. Il te prend à l'essai pour un mois. Si tu conviens, il te gardera. Tu feras le ménage chaque soir, la lessive une fois la semaine, et tu lui prépareras le souper tous les soirs. Il ne rentre jamais avant vingt et une heures, cela te laissera le temps de cuisiner.

Animée d'une vive émotion, Rose avait tenté de refréner l'explosion de joie qui jaillissait de tout son être, et réussi à bredouiller un *merci Gertrude* étouffé.

— Bah, faut s'entraider, avait simplement répondu la brave dame.

Le lendemain, lorsque Rose alla se présenter à monsieur le curé, il eut un mouvement de recul.

— Tu es bien jeune, ma fille ! s'étonna-t-il en détaillant la demoiselle sous toutes les coutures lorsqu'elle se présenta à lui. Sais-tu seulement cuisiner ? Et après ta journée à l'usine, seras-tu encore d'aplomb ?

— Oui, monsieur le curé. Je sais tenir une maison.

— Tu commences demain. Je te paierai tes gages chaque fin de semaine.

Depuis lors, après sa journée à l'usine, elle se rendait au presbytère où monsieur le curé avait élu domicile, pour faire le ménage et préparer le souper. À peine quelques semaines plus tard, alors que monsieur Lorber était rentré plus tôt que d'habitude, elle osa enfin poser la question qui lui hantait l'esprit depuis des jours. *Voulez-vous m'apprendre à lire, monsieur le curé ?* Le bonhomme en soutane avait aussitôt poussé un cri d'horreur.

— Quelle idée saugrenue !

— Je veux apprendre à lire.

— Hors de question, Rose ! Je ne perdrai pas mon temps. J'ai bien assez à faire, et toi aussi. Sors-toi ces bêtises de la tête. D'ailleurs, je me demande bien à quoi cela te servirait ? Tu n'as pas besoin de savoir lire pour aller à la manufacture.

— Vous ne comprenez pas, monsieur le curé, je vais épouser un *monsieur.* Un jour j'habiterai dans les beaux quartiers de Strasbourg, et je recevrai du beau monde. J'ai besoin d'un bon enseignement.

À mesure que Rose développait ses arguments, monsieur le curé la regardait avec des yeux comme sortis de leurs orbites. Puis il leva les bras au ciel, comme il le faisait le dimanche à l'office, pour implorer le soutien du ciel.

— Mon Dieu, ôtez ces pensées folles de la tête de cette pauvre fille !

Les jours passaient, et Rose continuait d'insister. Et tous les jours, monsieur le curé ressassait sa litanie : *Mon Dieu, ôtez ces pensées folles de la tête de cette pauvre fille !*

Un soir, Rose plus déterminée que jamais, se permit de hausser le ton.

— Mais cessez d'invoquer le bon Dieu, monsieur le curé ! Il n'y est pour rien ! Et je suis sûre que s'il pouvait s'exprimer en cet instant, il vous dirait qu'il est écrit nulle part dans la Bible, qu'une ouvrière doit demeurer ignare.

— Blasphème ! Fille du diable !

— Arrêtez de tout mélanger, monsieur le curé, s'instruire n'a rien à voir ni avec Dieu ni avec le diable.

Ce soir-là, Rose ne lui laissa aucun répit, bien décidée à obtenir gain de cause. Elle discourait et argumentait tant et si bien qu'Antoine Lorber, fatigué par cette jacasse, finit par faire un signe de la tête en guise d'acquiescement. Le visage de la jeune fille s'illumina.

— Sûr ?

— Oui.

Elle lui fit certifier de s'engager à lui enseigner l'allemand, car dans son Alsace on parlait alsacien, mais aussi le français, la lecture, l'algèbre, la géométrie, la géographie et s'il lui restait un peu de temps, le solfège. Je vous paierai, conclut-elle. *Elle se lassera bien vite*, songea-t-il.

— Promets-moi de n'en parler à personne. Je ne tiens pas à ce que d'autres ouvrières se mettent en tête de s'instruire.

La semaine qui suivit cette alliance, alors que monsieur le curé avait déposé cinq sous sur la table en guise de paie, Rose n'en prit que trois.

— Tu n'en veux pas, de ces deux pièces-là ?

— Elles vous reviennent. Pour les heures d'enseignement que vous me donnez.

Devant l'air quelque peu surpris de monsieur le curé, elle ajouta :

— Acceptez ! J'aurai l'esprit plus serein de savoir que je ne vous dois rien.

Monsieur le curé se laissa tomber sur une chaise et, ne pouvant plus se contenir, éclata de rire franchement. Jamais de sa vie il ne lui avait été donné de rencontrer un être humain avec pareil acharnement, et rien que pour cela, Rose avait gagné son estime. Il éprouvait une profonde et grande admiration pour la petite ouvrière.

C'est pourquoi Rose savait lire. Mais ses amis l'ignoraient.

La petite troupe longea les façades des maisons de la rue Sainte-Odile en silence. L'altercation entre Rose et Jules avait jeté un froid.

— À demain, dit Henri, arrivé devant chez lui.

Puis ce fut au tour de Jules, et de Gretel. Rose et Barbel marchaient maintenant côte à côte.

— Tu m'en veux ? demanda Rose à son amie.

L'autre haussa les épaules.

— Ce n'est pas ta faute.

— Un jour je partirai, Barbel, peut-être alors... Te voilà arrivée. À demain, ma Barbel.

Rose entama la petite montée de la rue des Capucins. Quelques mètres la séparaient de la maison. Elle eut un frisson. La demeure se dressait noire, impressionnante, comme un spectre au milieu de la nuit. *Est-elle rentrée* ? songea l'ouvrière en pensant à sa mère. Elle tourna la grosse clé dans la serrure et poussa la porte. Il faisait nuit noire dans la maison. Elle avança son bras au bout duquel dansait la lanterne pour éclairer l'intérieur lorsque son sang se glaça. Une masse inanimée gisait au pied de l'escalier. *Maman, maman... Maman... Au secours, cria-t-elle. À moi !* Affolée, elle retourna dans la rue, et continua d'ameuter le quartier. Barbel et sa mère arrivèrent les premières sur les lieux, suivies de madame Bernstein et de son époux.

Deux nuits durant, Rose resta au chevet de sa mère. Malgré les bouillons brûlants, Linette grelottait. Elles se confièrent l'une à l'autre. Linette révéla à sa fille qu'elle avait économisé de l'argent. *Je l'ai caché dans une boîte en fer sous le matelas de ma chambre.* Elle fit promettre à Rose d'aller le récupérer. *Bougras me doit bien ça !*

— La pauvre femme ! s'apitoya Barbel venue soutenir Rose le deuxième soir. Mauvaise chute !

Rose, les yeux rouges d'avoir trop pleuré, haussa les épaules. Une immense tristesse s'était emparée d'elle, devant le corps de sa mère, secoué par les soubresauts de la mort. Le deuxième jour, Odile Bernstein vint aussi, un pot rempli de soupe de pois à la main. Suivirent Jules et Henri.

— Comment va-t-elle ? demanda Jules.

Odile l'entraîna derrière le lourd rideau rouge de la petite cuisine, et lui chuchota à l'oreille.

— Elle est inconsciente. Elle ne parle plus. Va chercher monsieur le curé.

Linette, les yeux au plafond, restait en effet inerte. Elle dégageait un air presque angélique à la lueur de la flamme de la bougie posée sur la table de chevet à côté de son visage.

Odile tira les rideaux de la fenêtre.

Au moment même, le curé Antoine Lorber entra dans la pièce obscure, saluant d'une génuflexion la croix au-dessus du lit. Linette Margraff lâcha un dernier soupir, et s'endormit pour l'éternité.

***

Les deux jours qui suivirent, la pluie ne cessait de tomber comme si toutes les larmes versées par Rose tombaient du ciel. N'ayant pas d'argent pour un enterrement convenable, Rose décida d'aller chercher les économies de sa mère chez Bougras.

— BOUGRAS, cria-t-elle d'une voix remplie de haine en pénétrant dans l'établissement où elle fut aussitôt prise à la gorge par une forte odeur de friture mêlée à un relent de ragoût, qui fit naître sur son visage une moue dégoûtée.

Il faisait sombre dans la taverne, seules quelques lampes blafardes garnies de ternes abat-jour éclairaient les lieux. Il y avait peu de monde. Deux vieillards assis dans la pénombre d'un pilier la fixaient avec insistance, l'œil hagard.

À peine eut-elle prononcé le nom du tenancier que la porte battante reliant la cuisine à la salle de restaurant s'ouvrit dans un effroyable fracas. L'énorme silhouette de Bougras apparut dans l'entrebâillement de la porte.

— Que viens-tu faire ici ?

— Chercher les affaires de ma mère, répliqua Rose sans cérémonie.

— Il reste rien ici de ta mère, fit-il en moulinant des bras.

*Il n'a pas changé*, songea-t-elle. *Toujours sa chemise tachée et son front luisant de sueur.* Elle le détestait. En son for intérieur, elle le tenait responsable de la mort de sa mère.

— Tu entends, RIEN...

— C'est ce qu'on va voir !

Elle se précipita vers la cage d'escalier qui menait à l'étage, vers l'ancienne chambre de sa mère.

— HÉ ! Où tu vas ? Reviens ici !

Mais Rose n'écoutait pas, obnubilée par le dernier souhait de sa mère. Une fois devant la porte close de l'ancienne chambre de Linette, elle tourna la poignée, et entra. Une jeune femme glissait justement une valise sous le lit. Rose se mit à la harceler de questions. Elle apprit ainsi que la jeune femme était la fille d'un fonctionnaire allemand, embauchée par Bougras comme aide-cuisinière.

— La chambre était vide à mon arrivée ce matin, mademoiselle. Je vous l'assure. J'ai rangé toutes mes affaires et je n'ai rien trouvé. Mais je vous en prie. Fouillez vous-même !

Rose ne se fit pas prier. Elle souleva le matelas, ôta les draps, fureta dans l'armoire, et dut se rendre à l'évidence : dans la chambre il ne restait rien ayant appartenu à sa mère. La boîte en fer contenant les économies avait disparu.

Elle redescendit l'escalier la mort dans l'âme. Au bas des marches, elle sentit monter en elle un besoin incontrôlable de jeter à la figure de cet homme, d'une cruauté sans limites, toute la souffrance qui l'animait. Il se mit à rire, elle le menaça de le dénoncer aux gendarmes.

— Je vais leur dire moi, comment tu traites ton personnel. Et je vais leur dire aussi d'où tu tiens ton schnaps… Et ton gibier.

— Tu vas la fermer, petite idiote, la menaça-t-il de son index, en faisant mine de sortir de derrière son comptoir.

— On raconte que les fûts d'alcool que tu achètes à Plainfaing, tu les fais entrer en fraude. Et que répondrais-tu si on te demandait d'où viennent les fameuses allumettes ? Tu sais bien, celles que tu vends si bon marché ? Alors, on a perdu sa langue, Bougras ?

— Mais c'est que je vais lui foutre mon pied au cul, à cette garce ! Fous le camp !

— Voleur ! Rends-moi ce qui m'appartient ! Où est l'argent de ma mère ?

Bougras bouillonnait. Il leva le bras comme s'il eut voulu frapper. C'est qu'elle pourrait lui ramener des ennuis cette petite grue !

— VOLEUR… VOLEUR… hurla-t-elle de plus en plus fort en se ruant vers la sortie, le visage inondé par les larmes et la rage. Tu me le paieras, vaurien. Tu me le paieras.

Linette Margraff fut enterrée dans la fosse commune le 10 décembre 1880.

# 4

# Bonheur caché

*Décembre 1880*

À la mi-décembre, Rose reçut une lettre de sa tante Marion, la sœur de Linette. Celle-ci avait quitté l'Alsace avec son époux Lucien Kappener, deux ans après l'annexion de l'Alsace au Reich, pour s'installer à Raon-l'Étape.

La lettre de tante Marion invitait Rose à passer les fêtes de Noël chez elle, en famille.

Les Kappener faisaient partie de ces Alsaciens qui avaient catégoriquement refusé de devenir allemands. Ils avaient véritablement fui le régime imposé par Bismarck le 3 décembre 1871 lorsque parut le *Paragraphe de la dictature,* une loi allemande qui ne manqua pas de les traumatiser complètement.

Beaucoup de familles obernoises et de jeunes gens avaient alors préféré quitter la région pour s'établir en France, ou en Suisse. Une cousine lointaine de Marion avait embarqué pour l'Amérique. On fuyait le territoire, blessé, meurtri dans l'âme d'avoir été cédé si naturellement à l'Empire et révolté d'apprendre que la capitale, Strasbourg, administrée par l'Empereur et son chancelier, au nom de tous les Allemands, était exclue des institutions de l'Empire.

Une grande majorité d'Alsaciens était cependant restée au bourg par crainte de l'inconnu ou par manque de moyens, prenant leur parti d'une situation nouvellement créée ; les uns avec amertume, les autres avec résignation, d'autres encore simplement curieux de savoir ce qu'allait bien leur réserver l'avenir.

À Raon-l'Étape, les Kappener étaient tous les deux employés comme ouvriers dans la fabrique de chaussons de Frédéric Amos. Monsieur Amos, originaire de Wasselonne, avait lui aussi quitté l'Alsace avec une vingtaine de familles pour fonder sa propre manufacture.

À chaque fois que les fêtes de fin d'année approchaient, Marion Kappener, nostalgique de sa terre natale, éprouvait toujours un fort besoin d'être rassurée.

— Crois-tu que nous avons bien fait, mon Louis, de tout abandonner là-bas ?

— L'avenir nous le dira. Quoi qu'il en soit, ici nous ne subissons pas les uniformes allemands, et nos enfants continueront à apprendre le français.

Tandis qu'elle ranimait le feu dans le poêle de la *Stub,* Marion ajouta.

— Rose devrait vivre avec nous. Elle est seule, là-bas, maintenant. Ici, elle serait en sécurité. Monsieur Amos la prendrait à la fabrique. Pauvre petite ! Pourvu qu'elle ne devienne pas comme sa mère ! Une ivrogne au sang chaud.

— Tu exagères, rétorqua Louis.

Marion, vexée, le prit de haut :

— Tu prends sa défense !

— Je ne prends pas sa défense, mais elle a beaucoup souffert à la mort de Lucien.

— Moi, à sa place, j'aurais travaillé jour et nuit pour ma gosse, au lieu de passer mon temps à me soûler. Quand j'y songe ! Les voisins nourrissaient la petite ! Pauvre Rose. Ma sœur, faire une chose pareille ! Elle n'a pourtant pas été élevée ainsi ! Père doit se retourner dans sa tombe !

Elle se contint un instant, le temps de s'asseoir à la table, et de se mettre à peler les pommes de terre. Puis elle reprit sur un ton critique.

— Moi, je n'ai rien à me reprocher. J'ai essayé maintes fois de raisonner Linette. T'en souviens-tu de ce jour de Pâques, c'était il y a sept ans environ ? Nous étions retournés en Alsace pour lui proposer notre aide. Ce jour-là, elle nous avait ri au nez. Pire ! Elle nous avait fait jeter à la rue comme des malpropres, par Bougras. Elle lui avait fait croire que nous voulions la dépouiller de ses économies. La garce !

— Oublie tout ceci Marion. Tu te fais du mal pour rien, bougonna Louis tout en bourrant sa pipe et en buvant un coup de schnaps à la mirabelle. Aujourd'hui il y a plus grave, continua-t-il l'air pensif. Dix ans ont passé et nous sommes toujours allemands. Pendant que la France bâtit sa république, l'Allemagne, elle, impose sa langue à l'administration, son architecture aux villes, ses mœurs, ses idées et son histoire à nos enfants. Nos jeunes sont obligés de faire le service militaire allemand, un service très dur et très long.

***

Rose décida de ne pas passer Noël chez les Kappener. Elle répondit à sa tante par une gentille lettre dans laquelle elle lui expliquait qu'elle avait beaucoup de travail et qu'obtenir un laissez-passer pour la zone française serait bien trop long. Elle s'en excusa, la remerciant néanmoins de son attention.

Elle avait plus urgent à régler. Elle devait songer à son état. Elle était au quatrième mois, et son ventre grossissait.

— Qu'est-ce que tu vas faire ? lui demanda Barbel un soir, alors qu'elles s'en retournaient toutes les deux rue des Capucins.

— Je ne sais pas.

— Et le bébé ?

Rose haussa les épaules en soupirant.

— Si je savais !

— Et le père ? Il sait ?

— Non.

— Tu vas lui dire ?

— Oui.

— Quand ?

— La prochaine fois que je le verrai.

— C'est quand ?

— Arrête à la fin, tu me barbes avec tes questions. Je ne sais pas.

— Faut qu'il t'aide.

— De toute façon, quoi qu'il fasse, je suis condamnée à quitter Obernai…

— Des messes basses, les filles ? s'enquit Jules, qui marchait une dizaine de mètres devant elles et s'arrêta brusquement pour les attendre.

— Rien qui t'intéresse ! répondit sèchement Barbel.

***

Le lendemain, à quatre heures, Rose s'éveilla. Tout en se frottant les yeux, elle abandonna son lit et d'un pas incertain se dirigea vers le poêle. Il faisait particulièrement froid ; un froid rude et vif, renforcé par la bise. Le feu était éteint. L'eau avait gelé dans le pot de toilette. Elle grelottait dans sa robe de nuit en coton. Elle prit le châle rouge à grosses fleurs, seul héritage de sa mère et le jeta sur ses épaules. Ensuite, elle alluma une bougie à demi consumée sur la coiffeuse et alla jusqu'à la fenêtre donnant sur un pâtis, et plus loin sur les collines. Des arborisations de givre s'étaient formées sur les petits carreaux durant la nuit. Les cristaux brillaient à la lumière de la bougie comme de minuscules diamants. Rose gratta doucement le givre pour voir au-dehors. Le ciel était noir, inondé d'une pluie d'étoiles et comme suspendue dans le vide, la lune ronde et blanche se montrait encore. De la fenêtre, elle voyait la campagne endormie qui ressemblait à une immense étendue blanchâtre, tachée çà et là de fioritures sombres, au milieu de laquelle se découpaient des toitures isolées dans le jour naissant. Les yeux dans le vague, Rose songeait à son avenir. Qu'adviendra-t-il d'elle ? Robert serait-il là, pour elle ? Il ne pouvait l'abandonner dans son état ! C'était un homme bon. Les gens disaient de lui qu'il avait le cœur sur la main. Robert Schann était venu la voir souvent depuis cette fameuse nuit de la Saint-Jean où il l'avait aimée. *Je t'ai dans la peau,* disait-il. Elle, elle savourait son bonheur secret, pensant le monde entier transformé par ce qui lui arrivait. Deux ans qu'elle était la maîtresse d'un des hommes les plus populaires d'Obernai. Mais Robert était marié. Il était aussi le propriétaire de l'auberge, À la Cloche, située à l'angle de la place du Marché et de la rue du Chanoine-Gyss, derrière le puits des Six Seaux. Et son auberge était un lieu où les marchands, les artisans, les viticulteurs, et les notables de la petite ville et des environs se retrouvaient à toute heure du jour et de la nuit pour spéculer et pour marchander. Mais c'était aussi le lieu où se retrouvaient des amis de Robert, des partisans de la France, et des dirigeants de l'opposition pour comploter contre l'Empire.

La famille Schann était considérée et respectée dans la région. Robert s'octroyait des libertés de par le statut de monsieur le maire, son frère, sans que quiconque ne trouve à y redire. Tous deux, soutenus par des amis communs comme le notaire, Ernest Scherré, le premier adjoint, et d'autres hommes influents, n'avaient cessé de lutter contre toute forme d'injustice et de violence germanique, nourrissant le dessein de redevenir un jour français.

— Nous résisterons, affirmait Robert avec conviction et fermeté lors des rassemblements. Ne vous en faites pas. Notre revanche viendra et nous les écraserons, tous ces Prussiens. Ils s'en iront et nous serons à nouveau français. Vive la France ! Vive Laurent ! Je n'abandonnerai pas en d'autres mains que celles de mon lignage, l'auberge et la terre de mes ancêtres.

Ces paroles se répétèrent aux quatre coins de l'Alsace, et Robert devint celui en qui on mettait toute sa confiance pour sauver l'Alsace.

Les Schann fascinaient. Les gens s'intéressaient à leur quotidien, parce qu'ils avaient quelque chose de grandiose et de notoire dans leurs actes. Ils vivaient leur bonheur et leur malheur au grand jour, éveillant critiques et jalousie. Chez les Schann on ne s'en souciait guère. Quand une méchante rumeur surgissait de nulle part, Alice, la femme de Robert, disait :

— On ne peut pas plaire à tout le monde ! Et puis, parler de vous, en bien ou en mal, est bon pour les affaires.

Mais la famille Schann était aussi très respectée. Cela était dû à cette sombre histoire concernant Laurent Schann, le frère cadet de Robert, et que personne n'avait encore oublié.

Laurent avait toujours eu l'âme patriote, comme d'ailleurs tous les Schann, mais il avait ceci de particulier qu'il était attiré par l'armée. Point intéressé du tout par l'auberge ni la vigne, il s'était engagé de son plein gré au 3e régiment de dragons[1] en 1860. Lorsque la guerre avait éclaté en 1870, il était adjudant sous-officier.

Un jour de septembre gris et triste, un de ces jours où la pluie n'avait cessé de tomber, les Schann eurent la visite de deux officiers leur annonçant le décès de Laurent, le 6 août à la bataille de Gravelotte.[2] Il avait vingt-huit ans. Ce drame avait fait grand bruit à Obernai, donnant aux Schann le privilège du respect.

1. Troisième régiment de dragons (ou 3e RD) : unité de cavalerie de l'armée française créée sous l'Ancien Régime, en 1649. Sa devise est « *Ardet et Audet* » (« Il brûle et il ose ») depuis 1761 à la suite de l'incorporation du régiment de Noé (ex Clermont-Tonnerre).
2. Gravelotte se situe sur le plateau messin, sur l'axe Metz-Verdun. Gravelotte et ses environs ont été le siège de terribles combats au cours de la guerre franco-prussienne en août 1870, au point que les deux batailles de Rezonville et de Saint-Privat, le 18 août, sont parfois englobées sous la dénomination de « bataille de Gravelotte ».

# 5

## Réunion secrète

*Janvier 1881*

À la mi-janvier, Robert Schann et les membres du parti alsacien, *die Katholische Volkspartei*, avaient organisé une réunion à l'auberge de la Cloche. Des tracts avaient été distribués, conviant à ce rassemblement une population bien ciblée de fervents catholiques, de bourgeois, de manufacturiers et de banquiers qui continuaient d'opposer un rempart solide à Bismarck, s'obstinant à défendre farouchement la personnalité alsacienne. Ils restaient distants et réservés à l'égard des Allemands, et parlaient exclusivement le français. Ils ne fréquentaient pas non plus les immigrés fonctionnaires et commerçants en dehors des rapports professionnels, attitude qui obligeait l'occupant à vivre à part.

Mais il y avait aussi des ouvriers. Et Jules faisait partie de ceux-là ! Il irait à la réunion du parti. Il avait reçu un tract du petit-cousin de son père, intendant chez un viticulteur de Boersch. Jules avait aussitôt demandé à Henri de l'accompagner.

— Je ne veux pas d'histoires, moi, dit Henri indécis.

— Emmenons Rose et Barbel ! suggéra Jules.

Henri, mort de peur de se faire attraper, se laissa néanmoins convaincre, mais non sans protester.

— Et si on nous dénonce !

— Pourquoi le ferait-on ? riposta Jules. Nous sommes tous dans la même galère. Nous voulons tous que la France nous récupère.

— Il n'y a pas que des partisans à Obernai, dit amèrement Henri, et certains auraient fort à perdre si les Français revenaient. Sais-tu que Schmitt, le cordonnier, a été arrêté pour trahison ? Ce sont les gendarmes eux-mêmes qui ont avoué ensuite qu'il avait été dénoncé par des Alsaciens.

— Foutaises ! répondit Jules qui avait du mal à admettre la dénonciation. Ça se saurait s'il y avait des traîtres parmi nous ! Toutes ces rumeurs sont lancées par les Allemands, pour nous diviser. Fais-moi confiance !

***

Il était à peine vingt heures ce samedi-là, quand les jeunes gens arrivèrent sur la place du Marché.

— On y est presque, allez, faudrait pas se trouver nez à nez avec des Prussiens !

Il faisait un froid sec. La lune, pleine à cette heure, éclairait les lieux d'une lumière blafarde, propre aux lunes d'hiver, donnant à l'endroit déjà effrayant un air sinistre.

Par moments des ombres apparaissaient, furtives, silencieuses, puis disparaissaient aussitôt.

— Traînez pas ! chuchota Jules d'une voix énergique.

Jules et Henri, les mains dans les poches, engoncés dans leur paletot, le col jusqu'aux oreilles, marchaient à grands pas suivis de près par Rose et Barbel. Tous les quatre se rendaient au rassemblement du parti.

— Fichtre ! lança Jules tout à coup. Planquons-nous ! Voilà une…

Et sans achever sa phrase, il tira Rose sous le porche de la mairie.

— Henri ! À l'abri vite !

Ce dernier empoigna fermement Barbel et tous deux eurent juste le temps de filer derrière le beffroi.

— Chut ! bouge pas ! haletait Henri en scrutant l'accès de l'impasse pour voir passer les Prussiens.

Quand le cortège des casques à pointe fut passé, Henri et Barbel rejoignirent Jules et Rose embusqués tous les deux dans la pénombre de la porte de la mairie.

— Mais lâche-moi à la fin ! dit Rose dans un chuchotement agacé en se libérant brutalement de Jules et de son bras…

— Je te trouve bien injuste avec lui, dit Barbel.

— Il n'a pas cessé de m'embêter.

— Arrête de te plaindre, fit Barbel en haussant lesépaules.

Rose lui décocha un regard plein de reproches. Décidément, Barbel ne comprenait rien à rien. Mais, au fond, elle avait peut-être raison. En épousant Jules, tout rentrerait dans l'ordre. Mais non, ce n'est pas ce que voulait Rose. Elle ne pouvait envisager une relation avec Jules. Il n'était pas comme elle imaginait l'homme avec qui elle partagerait sa vie. Et puis, il n'était pas attirant, physiquement. Barbel lui avait dit un jour que le physique n'était pas important. Rose, au contraire, était persuadée que c'était très important. Elle eut un frisson soudain, en imaginant un instant le sort que lui réserveraient les partisans si son état venait à se savoir. Elle serait châtiée, chassée de la ville comme toutes les filles célibataires et enceintes comme elle. Jamais plus elle ne rencontrerait un *monsieur*.

Les quatre jeunes gens pénétrèrent dans le restaurant. Tout paraissait divinement calme. À croire qu'ils s'étaient trompés de jour. Debout dans l'angle derrière la porte, un garçon de ferme, d'une quinzaine d'années environ, l'air raisonnable, les accueillit.

— C'est là-bas, dit-il en leur indiquant du doigt une porte dérobée au fond de la salle commune.

Tous les quatre traversèrent le restaurant. Ils marmonnèrent un rapide bonsoir en direction d'Alice et de Marylise, assises toutes les deux à une table ronde à côté du poêle. Alice fixa tout particulièrement Rose. Celle-ci sentit le rouge lui monter aux joues. Alice se doutait-elle de quelque chose ?

La petite porte du fond s'ouvrit sur une vaste pièce carrée, bondée de gens, des hommes pour la plupart. Il y faisait obscur, et un voile de fumée stagnait au-dessus des têtes. De vieux tableaux, représentant des paysages nocturnes et mystérieux, présidaient comme des œuvres d'art sur les murs. Le plafond, garni en son centre de moulures peu communes, personnifiant des anges et des démons, donnait au lieu une atmosphère étrange et obscure. Tables et chaises étaient orientées face à trois messieurs, un homme d'une cinquantaine d'années, les cheveux brillants plaqués sur le crâne, Robert et un autre plus jeune, athlétique et élégant dans sa chemise blanche et son veston, répondant au nom de Victor. Il avait des feuillets à la main, et il tenait à peu près ce discours.

— Il faut lutter mes amis ! Continuons de combattre cette doctrine pernicieuse que nous imposent les Prussiens. Et, comme disait le député Teutsch au Reichstag, « *Nous protestons contre l'abus de la force dont notre pays est la victime... C'est l'épée sur la gorge, que la France saignante et épuisée, a signé notre abandon... Rendez-nous la libre disposition de nous-mêmes ! Rendez-nous justice !* »

Des applaudissements vigoureux et des sifflements nerveux accompagnés de forts coups de poing sur les tables fusaient des quatre coins de la pièce. Tous approuvaient le discours. C'est à cet instant précis que les regards de Rose et de Victor se croisèrent. Ils restèrent un long moment à se regarder. Rose n'était pas insensible à l'effusion de ce regard. Il semblait d'ailleurs prendre lui aussi grand plaisir à la contempler. Le trouble que ressentait la jeune fille éveillait en elle l'instinct de séduction. Mais l'homme aux cheveux brillants, qui reprit la parole, interrompit leur complicité.

— Un grand merci à Victor !

Les applaudissements reprirent de plus belle. Face à une telle ovation, Robert, rouge d'émoi, fit de grands gestes. Il avait quelque chose à ajouter.

— Mes amis. Écoutez-moi.

Le silence avait du mal à revenir. Pourtant il réussit à reprendre la parole.

— Bientôt nous ne serons plus seuls. Il paraît qu'un nouvel instrument permettrait de communiquer sur longue distance.

À cette annonce, le silence se fit total.

— Oui mes amis. Des appareils de cette sorte, il en existe déjà à Mulhouse et à Strasbourg.

L'homme aux cheveux brillants se tourna vers son partenaire de droite et lui murmura quelque chose à l'oreille. L'autre en fit autant. Et Robert enchaîna :

— Le téléphone. C'est bien cela. Le TÉ-LÉ-PHO-NE !

Gérard, intendant chez un viticulteur d'Obernai, invita Rose et Barbel à le suivre tout près d'une porte dissimulée, à peine visible dans la pénombre.

— C'est par là qu'il faudra filer s'il devait y avoir du grabuge, leur dit-il de sa grosse voix.

La foule était agitée, une majorité d'artisans et de commerçants, de viticulteurs et de paysans libérant, avec hargne et conviction, leur ressentiment et leur déception pour le gouvernement imposé. Un homme, la soixantaine passée, une bière à la main, s'était glissé à côté d'un étudiant.

— T'es pas le fils de René Weibel ?

— Si monsieur. Le cadet, Jeannot.

— L'autre jour, j'ai croisé ton père. Il m'a dit qu'il avait un fils qui étudiait à l'école d'agriculture de Rouffach. Ce ne serait pas toi par hasard ? demanda le vieil homme enthousiasmé.

— Si monsieur, opina Jeannot.

— Ah bon ! ajouta le vieil homme impressionné, en ouvrant grand ses yeux. Depuis quand déjà existe-t-elle cette école ?

— Depuis 1879.

— C'est bien, c'est bien, grommela le vieil homme.

Le jeune étudiant et le vieil homme tombèrent ensuite sur le sujet de l'agriculture et, en particulier, sur les améliorations apportées dans ce domaine par le secrétaire d'État à l'agriculture, Zorn de Bullach. Celui-ci soutenait depuis 1879 les coopératives agricoles pour le Reichsland.

— Depuis ces fameuses coopératives, dit Jeannot, l'élevage des bovins, des porcins et de la volaille s'est développé. Et la production de houblon, de tabac et de betterave sucrière est en plein essor.

— Mais le vignoble baisse. Oh ! Oui ! En quantité, et en qualité, mon garçon, ajouta le vieil homme. Et sais-tu pourquoi ?

Jeannot fit non de la tête.

— À cause du marché allemand. Oui. Ils se moquent de nos vignes, et de notre production de vin ! Et puis on est envahi par ce puceron parasite, le phylloxera, qui fait tant de ravages ! Tous ces embêtements dépeuplent nos campagnes ! Bientôt il ne restera plus que nous, les vieux !

À deux mètres environ de l'endroit où se tenaient le vieil homme et l'étudiant, Jules et Henri s'étouffaient de rire. Gérard venait justement de leur raconter une blague sur les Prussiens. Il mima ensuite le dindon, voulant citer le maréchal de Manteuffel qu'on disait grand acteur d'après un de ses amis strasbourgeois.

— Je me demande ce qu'on fait ici, geignit Barbel pour la troisième fois en trépignant, osant à peine lever la tête. On va tous finir en prison. On dit que les prisons en Allemagne sont froides et humides. Rose, je veux rentrer. J'ai un mauvais pressentiment.

Rose, qui se tortillait sur la pointe des pieds pour mieux apercevoir Victor au milieu de la foule délirante, lui ordonna de se taire une bonne fois pour toutes, et d'écouter ce qui se disait.

Barbel au bord des larmes haïssait Rose en cet instant. Elle ne resterait pas une minute de plus parmi ces fanatiques ! Elle décida donc de s'éclipser discrètement. *On ne m'y reprendra plus !* songea-t-elle dans un état de nervosité extrême, persuadée qu'elle n'avait rien à faire ici. *De quoi se plaignent-ils à la fin, tous ces gens ? Ne mangeaient-ils pas tous à leur faim ?* Son père avait dit l'autre jour que depuis les lois sociales de Bismarck, les ouvriers alsaciens du Reichsland n'avaient rien à envier au sort des ouvriers français. Leurs conditions s'étaient améliorées. Le temps de travail avait été réduit ; ils mangeaient mieux, et ils s'habillaient mieux.

À peine avait-elle fait trois pas en direction de la petite porte indiquée par Gérard, que quelqu'un cria.

— Foutez le camp ! Foutez le camp ! Ils arrivent !

Et ce fut la débandade ! On se pressait vers les deux sorties, l'une donnait dans la ruelle du Brochet, et l'autre, à l'arrière du restaurant. Ceux qui avaient réussi à sortir se dispersaient sans demander leur reste.

— Hep ! Vous là ! Par ici ! dit Robert à une vingtaine d'hommes qui n'avaient plus le temps de fuir, et dont faisaient partie Jules et Henri.

Robert et deux hommes, des familiers, soulevèrent en un tour de main une table posée sur un tapis qu'ils firent glisser. Une trappe se dessina sur le sol. Ils tirèrent sur la poignée.

— Tous au sous-sol ! cria Robert. Allez vite.

Quand le dernier disparut au fond du trou, Robert fit retomber la trappe qui lâcha un nuage de poussière. Le tapis fut remis en place ainsi que la table et les chaises. Une dizaine d'hommes étaient toujours à l'auberge. Cinq d'entre eux s'assirent autour de la table avec un jeu de cartes, les autres s'alignèrent le long du comptoir.

Des sifflets retentirent ! La porte de l'auberge s'ouvrit violemment sur un homme imposant, à la moustache fournie, serré dans une vareuse à boutons dorés. Derrière lui, suivait une troupe de gendarmes, matraques à la main.

Déjà les agents de la force publique se postèrent devant les issues.

Robert, un torchon à la main, dit simplement à l'attention de l'homme.

— Nous allions fermer.

L'homme à la moustache répondit en allemand.

— Vous là ! Venez ici ! Nom, prénom, profession.

— Je suis le propriétaire de l'auberge, répondit immédiatement Robert tandis qu'il jetait le torchon sur son épaule et s'avançait dignement vers le commissaire. Et le frère de monsieur le maire, ajouta-t-il comme si, à ce titre, il paraissait plus crédible.

Il présenta sa mère, Marylise, et sa femme, Alice.

— Ludwig Maïer, répondit l'autre en allemand en avançant sa main vers Robert, qui était bien décidé à ne pas lui donner la sienne.

Mais cela, Ludwig Maïer ne le saurait jamais puisqu'à cet instant précis, les deux hommes furent interrompus par des clameurs et des bruits confus. Ils se tournèrent et virent Gérard empoigner un gendarme qui venait de lui demander de présenter ses papiers.

Robert s'élança pour s'interposer, suivi de Ludwig Maïer qui ordonna d'une voix inspirant le respect de cesser toute rébellion, faute de quoi tous passeraient la nuit derrière les barreaux.

Ludwig Maïer, les mains derrière le dos et l'air pensif, fit ensuite le tour de la salle, examinant et appréciant chaque renfoncement, donnant un coup avec la pointe de sa botte droite dans tout ce qui traînaillait au sol.

— Il y avait du monde ici ce soir, monsieur Schann, n'est-ce pas ? poursuivit-il toujours en allemand, tout en fouillant le sol de ses yeux curieux.

— Il passe ici beaucoup de monde monsieur Maïer. Et tous les jours ! se défendit Robert. Heureusement pour moi, les affaires marchent.

À l'extérieur, sur les pavés, des pas résonnaient.

— Cours ! Cours !

— J'en peux plus, gémit Barbel. Je savais que tout ceci allait mal finir. Mon père va me tuer s'il apprend que je fréquente ce genre de rassemblement.

Rose riait, d'un rire nerveux.

— Ça fait bien longtemps que je n'avais pas eu si peur, et bien longtemps que je ne m'étais pas autant amusée.

— Grande bête va ! On aurait pu se faire prendre et qu'aurions-nous gagné dans l'affaire ? riposta Barbel, tremblante.

— Allons calme-toi. Tout est fini maintenant, ajouta Rose en haussant les épaules. En attendant, rentrons vite ! Il ne faudrait pas que quelqu'un nous reconnaisse.

# 6

# L'étau se resserre

*Dimanche 23 janvier 1881.*

Rose se planta devant son miroir et lâcha un cri d'horreur en découvrant son ventre qui avait encore grossi. *Mais que vais-je faire ? Mais que vais-je faire ?* geignait-elle.

Tout en continuant de se regarder sous tous les angles, elle saisit le châle rouge de sa mère accroché au dossier d'une chaise et l'enroula autour de sa taille. Elle enfila ensuite son jupon, et sa robe grise. Elle se mit de profil et, s'étudiant bien en détail, elle murmura sa pensée au bord des larmes. *Ce n'est pas comme ça que je vais rencontrer un* monsieur *!*

Personne encore ne lui avait fait de réflexion désobligeante sur ses rondeurs. On lui attribuait volontiers cet empâtement à la bonne table de monsieur le curé.

Ce dimanche-là, elle passerait la journée chez monsieur le curé qui recevait le père Georges Simon, curé doyen à Wasselonne. Tous deux entretenaient de bonnes relations. Et comme beaucoup de prêtres catholiques, ils échangeaient de nombreuses lettres où ils s'informaient mutuellement de l'évolution de l'économie, de l'organisation du pays, de l'agriculture, de l'artisanat, et de l'industrie. Depuis quelque temps, ils évoquaient le parti autonomiste alsacien-lorrain, et son ampleur. Cette organisation fondée depuis 1875 par un journaliste strasbourgeois, Auguste Schneegans, revendiquait haut et fort que les Alsaciens devaient gouverner eux-mêmes leur pays. Cette perspective faisait grand bruit dans tout l'Est, et peu à peu, prenait possession de l'opinion publique. Ces mêmes autonomistes avaient déjà obtenu la création d'un parlement régional : le *Landesausschuss*[1].

Rose était chargée de préparer un copieux déjeuner pour l'invité d'Antoine Lorber. Ensuite, elle irait rôder du côté de l'auberge. Elle devait impérativement parler à Robert de son état. Elle allait à lui, puisqu'il ne venait pas à elle.

— Quelle bonne petite, dit le père Simon en suivant des yeux une Rose guillerette, qui débarrassait la table de la soupière encore chaude. C'était succulent, la complimenta-t-il.

Vers dix-sept heures, Rose quitta les deux hommes. Il faisait froid et la bise s'était levée. Pas âme qui vive dans les rues. Arrivée devant La Cloche, le courage lui manqua pour y entrer. Alors elle se glissa dans la ruelle du Brochet qui longeait l'arrière de la bâtisse. Elle marcha jusqu'à la remise prolongeant l'auberge et donnant à la cave. Une latte cassée permettait de voir à l'intérieur. Peu lui importait le temps qu'elle passerait à l'attendre, il allait bien devoir se rendre à la cave pour y chercher quelques bouteilles.

À cette seule idée, elle trépignait d'impatience. Les minutes s'égrenèrent, puis les heures…

1. *Landesausschuss* : délégation (élus des conseils généraux et des conseils municipaux) qui depuis 1879 votait les lois et le budget de l'Alsace-Lorraine.

— Rose ? Rose ? Debout ! Sapristi ! Que fais-tu là, couchée dans la rue, dans la nuit et le froid ! Allez debout ! Tu vas attraper la mort si tu restes là, disait une voix d'homme.

Mais Rose ne répondait pas. Engourdie par le froid, elle s'était assoupie à même le sol. Tandis que Jules la soulevait pour la mettre sur pied, il la gronda rudement.

— Fiche-moi la paix ! lâcha Rose avec ses dernières forces. Elle voulut se dégager des bras de Jules, mais elle s'effondra au sol, terrassée par la fièvre.

— Appuie-toi sur moi. Je te ramène chez toi, bredouilla le jeune homme.

Dans la chambre de Rose, Jules allongea la jeune fille sur le lit. Il la couvrit. Puis il alluma le feu éteint dans le poêle.

Jules veilla Rose toute la nuit, assis sur un tabouret à côté du lit. Il posa des compresses d'eau fraîche sur son front brûlant, essuya ses tempes en sueur, la rassura en tenant sa main sa contre sa joue. Dans la nuit, agitée d'un bref délire, elle pleura. Par moments, elle gémissait fuyant une dame blanche qui la poursuivait et lui susurrait de partir, vite et loin. Jules adoucit ses craintes, lui promettant de chasser lui-même cette inconnue en blanc.

Quand deux heures carillonnèrent au clocher, la fièvre tomba. Rose s'endormit enfin d'un sommeil doux et serein. Elle n'entendait pas la voix de Jules qui lui murmurait au creux de l'oreille, combien il l'aimait, mais aussi son grand chagrin de ne pas être aimé d'elle en retour.

— Debout Rose, murmurait la voix de Jules au-dessus de sa tête.

La bougie était allumée, et une douce chaleur régnait dans la pièce.

Rose s'appuya sur ses avant-bras et, dans un demi-sommeil, scruta la chambre, quand elle aperçut Jules, en train de fourrer le poêle.

— Que fais-tu ici ? demanda-t-elle d'un ton désagréable.

Il se tourna vers le lit où Rose était allongée.

— Tu as l'air d'aller mieux !

Dans le silence de la chambre, les deux jeunes gens se regardaient à la seule lueur de la bougie.

— Dis-moi ? Que fais-tu là ? insista-t-elle.

Le jeune homme soupira.

— Je préfère quand tu dors.

— Dis-moi…

— Je t'ai trouvée à demi-inconsciente, hier soir, derrière l'auberge de la Cloche. Tu étais fiévreuse et tu délirais, alors je t'ai ramenée chez toi, je t'ai couchée et veillée toute la nuit. Mais bon sang dis-moi ce que tu faisais là-bas ?

Rose, le visage blême, et prise d'une crainte subite demanda aussitôt d'un ton inquiet.

— Et ?

— Et quoi ?

Rose se demandait s'il avait remarqué qu'elle était enceinte.

— Ai-je parlé de quelque chose ? Qu'ai-je dit ?

— De quoi en particulier ?

— Je ne sais pas, moi, de quelque chose…

— Tu n'as rien dit de particulier, Rose, murmura Jules en haussant les épaules, presque gêné. Rien.

Mais il mentait. Dans son délire, Rose avait parlé d'un enfant. De son enfant. Celui qu'elle portait dans son ventre. Le jeune homme s'était juré de mener sa petite enquête. Il en aurait le cœur net.

Ils burent chacun un verre de lait et partirent pour la fabrique.

# 7

# La rupture

La semaine qui suivit cet incident fut pour Rose une semaine épouvantable.

Robert était venu chez Rose, rue des Capucins, un soir, tard dans la nuit, après avoir quitté les membres du parti alsacien réunis cette fois-ci dans la cave du charpentier, Aloïse Lux. Il avait été évoqué les nouvelles législations proposées par les comités locaux des Écoles, institution mise sur pied par le maréchal de Manteuffel, qui cherchait aussi à recréer les conseils départementaux de l'instruction primaire. Les membres du parti étaient plutôt satisfaits. La majorité approuvait la décision du maréchal qui permettait à nouveau aux autorités religieuses d'être représentées dans ces deux institutions ; institutions s'inspirant du modèle prussien et non de la loi Falloux[1].

Rose s'était couchée aussitôt rentrée de la fabrique parce qu'il ne faisait pas chaud et qu'elle ne voulait pas allumer le feu. Il ne lui restait que peu de bois des deux stères que lui avait fait livrer Robert début décembre par un bûcheron d'Ottrott grassement payé pour sa discrétion. En entendant cogner contre la porte, son sang ne fit qu'un tour. Qui cela

1. Loi Falloux : loi élaborée par le comte Frédéric Alfred Pierre de Falloux établissant un régime de liberté de l'enseignement primaire et secondaire.

pouvait-il bien être à cette heure avancée de la nuit ? Les partisans ! L'aura-t-on dénoncée ? Venait-on la chercher ? L'enfant n'est pas d'un Prussien, elle peut le prouver. Les coups contre la porte redoublèrent d'intensité. Tremblante de peur, elle se décida à aller ouvrir. *Autant ouvrir et qu'on en finisse,* songea-t-elle. Elle repoussa les couvertures, et se leva péniblement. Puis elle alluma la chandelle, couvrit les épaules de son châle rouge, et se dirigea vers la porte. Elle tira le loquet. Sa surprise fut grande lorsqu'elle vit Robert Schann, en chemise blanche et veston élégant, debout sur le palier. Il ne lui laissa pas le temps de réagir. Il la poussa à l'intérieur sans ménagement, le regard plein de désir. Une fois à l'intérieur, il prit ses aises, et ôta sa veste.

— Il fait un froid de canard, ici. Il n'y a pas de feu ?

— Non. Il ne me reste que peu de bois.

— Tu économises... mais je t'en ai fait livrer assez, non ?

Il s'installa à la table en grommelant. Elle sortit une bouteille de vin du buffet, et deux verres. Au moment de s'approcher de la table, Robert passa ses bras autour de la taille de la jeune fille, l'attirant à lui, presque de force, pour la faire asseoir sur ses genoux.

— Dis donc, tu t'es bien empâtée depuis que tu travailles chez Lorber !

— Laisse-moi ! dit-elle en repoussant la main de Robert qui cherchait vainement à la glisser dans son chandail.

Devant le refus de la jeune fille de se laisser toucher, l'homme se leva brusquement, et l'enlaça de force, en maître qu'il était. Il la propulsa contre la poutre centrale. Comme elle tentait de se débattre, il enferma les mains glacées de Rose dans ses grosses paluches et les plaqua contre la poutre. Puis il pencha son visage vers celui de la jeune fille, cherchant ses lèvres pour l'embrasser, mais Rose se dégagea avec la vivacité d'une chevrette prise au piège et courut se réfugier de l'autre côté de la pièce.

— Coquine ! Tu veux t'amuser !

— Non, je veux parler.

Robert, agacé, s'enquit :

— Mais de quoi ?

Rose, blême, arrogante, vexée, lui dit avec toute la hargne du désarroi.

— J'attends un enfant de toi. Et...

Il se raidit, livide.

— SAPRISTI ! hurla-t-il en tapant du pied. Il n'y a pas plus bête femelle que celle-là !

La colère le gagna. Rose n'eut pas le temps d'ajouter un mot que, déjà, il l'abreuvait d'un flot de mots abominables, lui reprochant son ignorance et la rendant seule responsable de son état. La jeune fille restait muette, étouffant presque à force de contenir ses larmes.

— J'ai une famille, moi, cria l'homme.

— Et si je parlais, hein ! rétorqua la jeune femme du tac au tac.

Il ricana.

— Grande bête va ! Crois-tu vraiment me faire peur avec tes menaces ? Qui voudrait croire les élucubrations d'une fille d'ivrogne ? Je dirai que tu mens, et que tu m'accuses pour éviter le châtiment réservé aux filles qui fricotent avec les Prussiens.

Il devint méchant. Il lui jeta à la figure qu'il ne l'aimait pas, qu'il ne l'avait jamais aimée.

— Je ne veux plus jamais entendre parler de toi. JAMAIS ! décréta-t-il.

Rose, anéantie par la méchanceté de celui qui avait été son amant, n'avait plus qu'une envie, qu'il sorte de chez elle. Elle se débrouillerait bien sans lui.

— Va-t'en ! Dehors ! cria-t-elle avec ses dernières forces et avec toute la honte d'une femme blessée.

À peine Robert avait-il quitté le petit appartement, que Rose s'affala sur son lit et pleura sans retenue toutes les larmes de son corps. Les scènes de cette terrible soirée ne quittaient plus son esprit, faisant naître en elle une vive et aigre douleur. Elle sanglotait, le corps animé de soubresauts lorsqu'un craquement de la boiserie, dans le couloir, la fit sursauter. Il lui semblait entendre marcher. Elle tressauta. *Était-ce lui ? Revenait-il pour lui demander pardon ?* Non. Il ne reviendrait pas !

La pendule sonnait trois heures. Elle se glissa sous les draps, fixa le plafond en attendant le sommeil. Puis elle tourna la tête et se concentra, avec une attention soutenue, sur la flamme vacillante de la bougie. Ce n'est que bien plus tard dans la nuit, quand la fatigue et l'abattement conquirent enfin son corps et son esprit, qu'elle s'endormit.

# 8

# Conspiration

*Février 1881*

Les jours passèrent ! Les semaines aussi. Février s'installa. Un mois triste, sombre et froid.

L'évolution économique de l'Alsace se poursuivait. La petite région entrait doucement dans l'ère de l'électrification. C'est à Mulhouse que fut installé le premier téléphone.

Un système bancaire local avait été aménagé et fonctionnait grâce aux établissements alsaciens : la Banque d'Alsace-Lorraine et la Société générale alsacienne de banque.

Le développement et la richesse des Caisses d'Épargne attestaient de la prospérité du Reichsland ; prospérité qui se répercutait sur le mode de vie des Alsaciens.

Rose restait sans nouvelles de Robert. Assise près de l'âtre, les yeux rivés sur les braises, elle s'interrogeait. Pourquoi la laissait-il dans ce désarroi ? Avait-il oublié les fous rires sur l'oreiller, les baisers échangés, les matins tranquilles quand l'aube blafarde inondait la chambre ? Elle chassait de son esprit tous ces souvenirs douloureux, l'image de son amant, l'intimité partagée, décrétant en son for intérieur qu'il lui fallait désormais oublier l'homme en qui elle avait cru, l'homme qui lui avait fait tant de promesses et n'en avait tenu aucune.

Un samedi de la mi-mars.

Jules s'était levé de bonne heure. Depuis ce jour de janvier, où il avait trouvé Rose à demi morte de froid dans la ruelle du Brochet, l'idée que la jeune fille et Robert pouvaient entretenir une liaison lui obnubilait l'esprit. Il s'était promis d'aller trouver Robert Schann pour lui poser la question et en avoir le cœur net. Mais comme les idées arrivent toujours plus aisément que les actes, tout était prétexte à repousser l'entrevue parce que l'audace lui manquait. Toutefois, la perspective l'obsédait.

Ce matin-là, tandis qu'il plongeait sa tête dans la cuvette d'eau, il décida d'aller trouver Robert le soir même, à la sortie de l'usine.

Le sujet étant épineux, il imaginait mille et une manières d'aborder monsieur Schann qu'il connaissait d'ailleurs très peu. Toutes sortes de questions se bousculaient dans sa tête, laissant tour à tour place à la crainte, à la prudence, mais surtout à une sorte de jalousie ravageuse. Jules Bernstein aimait Rose. Il l'avait toujours aimée et ne se résignait pas à l'idée de la perdre.

À la fabrique, dans l'atelier où il préparait la commande d'un important client allemand, il rêvassait. Toute son enfance avec Rose défilait dans la clarté que laissait pénétrer dans le local la lucarne donnant sur un ciel lumineux : leur première rencontre, alors qu'elle avait cinq ans à peine, à la boulangerie, chez Odette. Linette avait essuyé vigoureusement une énorme tache de chocolat sur la robe de Rose.

Plus tard, il y avait eu les regards échangés à la messe le dimanche, les rigolades à la sortie de l'usine, les journées aux vendanges.

Rose avec Robert ! Comment était-ce possible ? Jules regardait toujours la lucarne par où entrait la clarté de plus en plus éblouissante. L'image même de ces deux êtres, s'enlaçant et s'aimant, le révoltait si fort qu'il était prêt à tuer.

Jules était persuadé de ne pas se tromper sur la nature de la relation entre Rose et Robert. Ses soupçons s'étaient confirmés quand il avait vu Robert quitter la maison de Rose en janvier dernier. Il était là quand Robert avait hurlé toutes ces horreurs à Rose. Il en avait assez entendu ce jour-là pour comprendre ce qu'il se passait entre le tenancier de La Cloche et la fille de Linette. Quel imbécile il était ! Quand il songeait à la raison qui l'avait amené chez elle, il se sentait bête. C'était pour lui apporter un lièvre qu'il avait braconné expressément pour elle, par crainte qu'elle ne mange pas à sa faim ! Il se voyait encore, tel un benêt, son lièvre à la main, lorsque Robert quitta la demeure laissant une Rose en pleurs après son départ. Il se souvenait être resté debout, prostré, pendant un très long moment derrière la maison, ne sachant s'il devait affronter Rose et la réconforter, ou fuir. Il était si terriblement en colère, si profondément blessé dans sa dignité d'homme, qu'il était rentré chez lui, laissant la jeune fille seule avec son chagrin.

À partir de cette nuit, le regard de Jules sur Rose avait changé. À l'espionner sans qu'elle le sache, à la surveiller et à l'imaginer dans les bras de Robert à chaque fois que la nuit s'amorçait il saisissait la mesure de l'enfer qui l'attendait. Aussi, pour se venger de la douleur que lui infligeait celle qu'il aimait du plus profond de son être, s'était-il demandé s'il n'allait pas tout dévoiler à Alice, la femme de Robert. Cette idée lui était apparue comme étant la seule pouvant séparer les deux amants à jamais. Il pourrait ainsi reconquérir Rose. Mais Jules s'était ravisé immédiatement. Si cette histoire s'ébruitait à Obernai, Rose se verrait contrainte de quitter la ville. Que deviendrait-elle sans toit, et sans travail ? Et où irait-elle ? Lui, Jules, par amour, ne pourrait l'abandonner. Il la suivrait. Ils erreraient le long des chemins inconnus, mendiant comme deux vagabonds sans le sou qu'ils seraient, incapables de nourrir leur bâtard. Était-ce là sa vision du bonheur avec Rose ? Non. Révéler à Alice l'adultère de son époux n'était pas une bonne idée.

Plongé dans ses pensées vengeresses, amplifiées par une vive imagination, Jules n'entendit pas Alfred, le chef d'atelier, lui présenter le vieux Siffert qui allait désormais intégrer l'équipe. En effet, ses vignes étaient parties en fumée sous le coup d'un jugement rendu par l'administration allemande qui avait fait arracher et brûler tous les vignobles contaminés par l'oïdium avec interdiction formelle de replanter avant dix ans.

Siffert, comme beaucoup de petits vignerons du coin touchés par ce fléau, se trouva obligé, pour survivre, d'aller travailler à la manufacture Mohler, n'ayant pas, comme d'autres, le cœur de partir à l'aventure en Algérie ou en Amérique.

— Monsieur Siffert, cria Alfred en s'approchant de l'oreille du vigneron à cause du bruit des métiers, je vous laisse avec Jules. Il vous expliquera le fonctionnement du poste que vous occuperez.

Tandis qu'Alfred s'en retournait, Jules et le vigneron se serrèrent la main.

— Voilà à quoi j'en suis réduit depuis la mort de mon vignoble, détruit par la nature, dit le nouveau venu avec une pointe d'amertume dans la voix. Travailler à l'usine ! Mon père doit se retourner dans sa tombe !

— Vous savez, nous ne sommes pas des pestiférés, nous les ouvriers, répliqua Jules piqué dans son orgueil.

— Je ne voulais pas vous mettre mal à l'aise, monsieur Jules... Peut-être serez-vous plus vite débarrassé de moi que vous ne le pensez... Un homme va prendre notre défense.

— Ah oui ? Et qui ?

— Le célèbre œnologue, Chrétien Oberlin, de Beblenheim. On parle de lui partout. Il propose de fonder un institut de vin pour l'Alsace-Lorraine, avec de nouvelles techniques pour lutter contre la crise viticole. Mes amis ont foi en lui. Moi aussi.

— En attendant, il y a du travail ici, ricana Jules, alors, au travail, mon bonhomme, comme tout le monde !

***

Il était vingt heures lorsque Jules arriva à l'auberge de la Cloche. Il n'y avait pas grand monde. Tout près de la fenêtre, un homme était assis devant une assiette vide, attendant qu'on lui serve son repas. Dans la cuisine, on pouvait apercevoir Alice, de dos, qui préparait le dîner.

Seppi, Bourlingue et Gérard, trois habitués des lieux accoudés au comptoir, sirotaient chacun un verre de vin.

— Sers-nous encore un pichet, Marylise, lança Seppi en vidant son verre.

La doyenne des lieux, debout près du pilier en bout de comptoir, prit le pichet vide, et disparut derrière une porte. Lorsqu'elle revint, tandis qu'elle versait le breuvage dans le verre, elle dit fièrement :

— Il vient de la Vigne bleue.

— La Vigne bleue ! soupira Gérard. Est-ce vrai ce que l'on raconte ?

— Et que raconte-t-on ? s'étonna Marylise.

— La vigne serait hantée. Y en a qui auraient vu des choses les nuits de pleine lune, insista Gérard.

— Certains disent que c'est le fantôme de la Rapine qui revient pour se venger, marmonna Seppi comme s'il craignait que les murs aient des oreilles.

— Foutaises ! Des ragots lancés par quelques langues jalouses, s'écria Marylise.

— Les anciens disent que la Rapine était la fille illégitime de ton père, Marylise, reprit Seppi.

— C'est aussi ce que j'ai entendu, enchaîna Gérard, elle serait la fille de ton père et de Marie-Louise Kling, une paysanne de Saint-Nabor qu'il aurait culbutée dans les foins, un jour d'été.

— Foutaises, je vous dis !

— C'est pourtant Marie-Louise elle-même qui avait dénoncé Alphonse Schann, jadis, comme étant le père de sa fille.

— Cette catin aurait accusé n'importe qui à tort d'être le père de sa bâtarde, par peur des coups de son père, s'insurgea encore Marylise. Je vais vous dire moi ce qu'elle voulait, soutirer de l'argent à mon père.

— C'est un point de vue, mais personne ne peut nier que celle que l'on surnommait la Rapine ressemblait sacrément à Alphonse, ton père.

— Et puis pourquoi remuer ces vieilles histoires ? répondit-elle sur un ton agacé.

— La Rapine aurait eu une fille, elle aussi, de ce hors-la-loi… Comment déjà ? demanda Gérard.

— Jean qu'il s'appelait, surnommé le Loup des bois, adjoignit Seppi.

— Et où se trouve-t-elle, cette fille ? s'immisça Alice, qui voulait venir en aide à sa belle-mère. Personne ne le sait, et personne ne l'a jamais vue... Encore des ragots !

Jules s'était accoudé au comptoir, à l'opposé de celui où se tenaient ses acolytes pour ne pas les déranger dans leur conversation avec Marylise. Il les connaissait. Il les croisait régulièrement à la manufacture. Il profita d'un instant de silence pour demander timidement à Alice :

— Votre mari est là, madame Schann ?

— Qu'est-ce que tu lui veux à mon Robert ?

— Il faut que je lui parle.

— De quoi ? s'enquit Alice.

— C'est à lui que je veux parler.

Le silence se fit. Tous dévisageaient Jules, essayant de deviner dans son attitude ce qu'il pouvait bien vouloir à Schann. Comme Jules insistait, Marylise ordonna à sa belle-fille d'aller chercher Robert. Celui-ci ne fut pas long à arriver. Dès qu'il aperçut Jules, il fit signe au jeune homme de le suivre. Ils disparurent tous les deux dans la cuisine qu'ils traversèrent pour franchir une porte les menant dans une petite pièce attenante. Robert s'assit à la table, à côté d'un vieux poêle à bois. Au fond de la pièce se dressait une armoire d'un seul corps à deux battants et trois colonnes, sur laquelle s'entassaient marmites, casseroles et assiettes.

— Assieds-toi, et causons ! Je t'attendais, tu sais, dit Robert à Jules.

Il remplit les deux verres, en tendit un à Jules, et leva le sien.

— Santé !

Jules bougonna. Il eut à peine le temps de poser son verre que déjà Robert jetait devant lui deux grosses bourses qu'il venait de tirer de sa poche.

— Vous voulez quelque chose de moi, monsieur Schann ? demanda Jules surpris.

— Oui. Je veux que tu quittes la ville avec Rose. Je sais qu'elle te plaît. Tu as devant toi assez d'argent pour partir, et t'installer ailleurs, avec elle. Épouse-la, et reconnais l'enfant qu'elle porte. Tu seras père, le petit ne sera pas bâtard, et Rose sauvera son honneur.

Robert remplit à nouveau les deux verres. Il vida le sien d'un trait.

— Et si elle refuse ?

— À toi de la convaincre. Fais-lui comprendre qu'elle n'a pas vraiment le choix. Parle-lui d'acheter une petite ferme à la campagne et quelques lopins de terre. Quand vous serez installés, tu m'enverras ton adresse et moi je t'enverrai une rente annuelle jusqu'à ce que le petit soit en âge de travailler. Je veux que vous partiez, vite, demain. Inutile de te dire que tout ceci doit rester entre nous. Tu as compris, petit ? Si tu parles, je ne donne pas cher de ta peau ni de celle des tiens. Ai-je été assez clair ?

Jules n'avait pas prononcé un seul mot depuis qu'il était assis en face de Robert. Il était presque mal à l'aise devant tant de franchise. Il réalisait que grâce au bâtard de Rose, il pourrait devenir propriétaire. Il savait que ce n'était pas très chrétien de se servir ainsi de Rose ! Néanmoins en fixant les deux bourses, il hocha la tête et se dit qu'une chance pareille ne se représenterait pas. Il y avait dans ces deux bourses bien plus d'argent qu'il n'en aurait jamais de toute sa vie. Mais Rose ? Que dira Rose ? Il l'imaginait déjà lui sauter au cou, en s'extasiant. *Oui. Partons Jules. Partons au bout du monde.*

Le jeune homme considérait les deux bourses. Il lui suffisait de tendre son bras, de les prendre, et de dire oui. Et, comme s'il devinait son trouble, Robert ajouta pour l'encourager à accepter :

— Allez. Prends ! Avec ces deux bourses tu deviendras un homme respectable. C'est la chance de ta vie.

Jules avait du mal à croire qu'il ne rêvait pas. Il jouissait d'avance de son futur bonheur. Il accepta. Il promit à Robert Schann d'être le protecteur de Rose, et de les faire vivre, elle et son bébé, à l'abri de la misère.

# 9

# Sombres desseins

*Mars 1881*

Le lendemain soir, à peine de retour de sa journée de travail, Jules passa la chemise et le veston du dimanche pour se rendre chez Rose. Il voulait être élégant pour l'impressionner. Odile, sa mère, le regarda passer la porte, une ombre d'inquiétude dans le regard. Elle n'était pas dupe, elle avait deviné depuis longtemps l'attirance de Jules pour Rose, rien qu'à son regard énamouré pour la jeune fille lorsqu'il la dévisageait, cependant, elle n'ignorait pas que cette dernière nourrissait d'autres desseins.

Jules était presque heureux en quittant la demeure. *Rose voulait épouser un monsieur, aujourd'hui, je suis un monsieur,* songea-t-il.

Les mains dans les poches, il marchait d'un bon pas, pressé de lui révéler ses projets. Une fois devant chez elle, il rajusta son veston avant de tambouriner à sa porte à plusieurs reprises, craignant subitement qu'elle ne soit pas là. Ses craintes s'apaisèrent lorsque la porte s'ouvrit. En découvrant Jules sur le palier, Rose ne put s'empêcher de lui lancer sans ménagement :

— Si tu viens pour m'embêter, tu repars aussitôt…

Mais elle n'eut pas le temps de finir sa phrase que déjà Jules avait extirpé de chacune de ses poches les deux grosses bourses qu'il brandit sous son nez. Rose, les yeux sortant des orbites, fixa non pas deux fois, mais dix fois, les deux aumônières que Jules faisait maintenant danser devant son visage.

— C'est quoi ? De l'argent ?

— Oui, beaucoup d'argent !

Elle s'avança, approcha sa tête plus près des deux bourses, et se mit à poser mille questions. Elle voulait tout savoir, réclamant des détails.

— Entre, j'ai fait du feu.

Ils s'attablèrent face à face dans la douce chaleur du poêle à bois.

— Alors ? Il vient d'où cet argent ?

Jules inventa une vague histoire d'héritage laissé par un vieil oncle chatouillant la vigne à Colmar.

Elle le toisa d'un air suspicieux.

— Il est mort il y a un mois, ajouta-t-il pour faire plus vrai.

— Je peux toucher ?

— Oui !

Elle les prit dans ses mains. Étonnée par leur poids, elle se mit à rire, d'un rire presque enfantin.

— Et que vas-tu faire de tout ceci ?

Il se mit à énumérer, enthousiaste, tout ce qu'il envisageait, avec elle. Il lui avoua qu'il l'emmènerait bien avec lui, un peu plus au sud, là où il fait chaud toute l'année. Là-bas, ils achèteraient une ferme, et quelques lopins de terre. Un pâtis pour les bêtes ; des vaches pourquoi pas, ou des moutons. Et pourquoi ne pas partir en Bretagne ! Il acquerrait un bateau de pêche et vendrait des poissons au marché ; ou encore aller dans ces terres lointaines et ensoleillées dont tout le monde parle, là-bas en Algérie, aux confins du Maroc ou de la Tunisie ?

— Arrête, Jules ! l'interrompit Rose. Je ne partirai pas avec toi.

Le silence tomba, tranchant, et froid. Le visage de Jules se défit. Piqué au vif, enthousiasme et joie disparurent.

— C'est à cause de lui, répliqua-t-il d'un ton abrupt.

Elle le dévisagea, arrogante et fière. Lui, offensé, enchaîna.

— Je sais tout, Rose.

— Va-t'en !

— Je sais tout, se mit-il brusquement à hurler, fou de rage. Ta liaison avec Robert, son bâtard dans ton ventre... C'est à lui que tu te donnes depuis des mois. Mais lui, il ne veut pas de toi. Non, il ne veut pas de toi. Et son bâtard ? As-tu pensé à son bâtard ? Qui va l'élever celui-là ? Qui ?

Il se leva brutalement, puis il fit le tour de la table pour s'approcher d'elle. Son petit sourire ironique et son regard menaçant ne laissaient rien présager de bon. Se sentant en danger, elle se leva à son tour pour se donner une contenance.

— Va-t'en !

Mais il n'avait pas l'intention de s'en aller. Il l'empoigna fermement au niveau des épaules. Leurs visages étaient face à face. Rose devina immédiatement sur sa face congestionnée qu'il avait de mauvaises intentions. Il tenta de l'embrasser. Elle esquiva.

— Ne fais pas ça, Jules !

— Pourquoi lui, et pas moi ? Pourquoi ?

Les mains de Jules commençaient à la toucher. Elle le regarda avec affolement. Il n'allait pas oser faire ce qu'elle craignait. Pas lui ! Ou le connaissait-elle si mal ? Une sorte de révolte s'empara d'elle, mais aussi un fort dégoût.

— Laisse-moi, hurla-t-elle en essayant de le repousser.

Mais Jules n'avait pas l'intention de partir. Il était comme fou. Il l'obligea à s'allonger sur la table, retroussa jupe et jupon, et abusa d'elle, pas une, mais plusieurs fois. Puis il s'en alla.

Dehors il faisait nuit noire. La fraîcheur nocturne lui fit relever le col de son veston. Il partira, loin d'ici, et de Rose. Il l'oubliera. Mais avant, il se vengera.

Il aurait tant voulu l'emmener, là où il fait toujours chaud, là où les oranges et les citrons poussent aux arbres, à Constantine, en Algérie. Là-bas il y avait des villages entiers peuplés d'Alsaciens et de Lorrains. C'est Eugène Goetz qui l'avait raconté, l'autre jour, à l'usine. Il s'y était rendu en précurseur, avant d'y emmener définitivement toute sa famille. Il avait dit que de l'autre côté de la Méditerranée, sur ce sol lointain encore méconnu d'Afrique, les coutumes d'Alsace se perpétuaient, que sur les collines avoisinantes de chaque village, poussait le blé, s'étalait la luzerne, et se déployaient les plants de tabac. *On se croirait dans un coin de notre belle Alsace !* avait-il dit comme envoûté, *et les maisons ! Ah les maisons ! Arrangées comme celles d'ici. Bien entendu que j'avais pleuré à mon arrivée, que tout n'avait pas été magnifique, surtout lorsque j'ai vu ces gourbis en pierre et en terre séchée échafaudés tant bien que mal pour l'étranger, et ces vastes constructions de pierre qui avaient servi à la smala du 3e régiment de spahis. Le pire était certainement ce fort des Anglais à Alger où on m'avait logé à mon arrivée et qui m'avait donné un coup de frayeur. Et les orages, mes amis, je ne vous raconte même pas, des pluies diluviennes, entraînant des boues abominables sur les chemins non empierrés, des boues à faire pleurer. Mais quand j'ai vu et acheté notre maison à Aïn Mellouk, je savais que j'y emmènerais ma famille.*

Moi aussi je partirai en Algérie. Seul, songea Jules.

Lorsqu'il entra dans la *Stub*[1]. où Odile, sa mère, les yeux fatigués, reprisait encore une paire de bas au coin du feu, il referma doucement la porte derrière lui pour ne pas faire de bruit. Il se glissa dans sa chambre, rassembla quelques affaires, et la rejoignit.

— Je pars, mama.

Elle immobilisa les yeux sur son bas et, les mains tremblantes, continua de repriser. Une larme coula sur sa joue creuse et livide. C'est quand elle vit le gros sac en toile gris pendu à son épaule qu'elle le regarda.

— Je savais que ce jour-là arriverait. C'est à cause de Rose ? Elle ne veut pas de toi, hein ?

Il acquiesça d'un murmure.

— Eh bien je préfère encore ça, tu vois, que tu t'en ailles ! poursuivit-elle, plutôt que de te savoir avec elle. Elle a le sang chaud, le sang de sa mère. Elle porte le sceau des mauvaises femmes.

— Tiens mama, c'est pour toi.

Il déposa une bourse sur les genoux de sa mère.

— Elle te suffira à faire vivre décemment la famille pendant un bon moment. Cache cet argent et n'en parle à personne. Sers-t'en raisonnablement pour ne pas éveiller de soupçons, tout le monde n'y verra que du feu.

Quand il vit qu'elle allait lui poser une question, il dit simplement.

— Pas de questions, mama.

— Tu n'as rien fait de mal au moins ?

— Non. Cet argent, je l'ai gagné. Sais-tu que Rose est enceinte de Robert Schann ?

---

1. *Stub* désigne une pièce des maisons d'Alsace du Moyen-Âge. Cette pièce était l'unique lieu où se trouvait un système de chauffage.

Elle le regarda avec stupeur. Jules, étrangement ému de se confier ainsi à sa mère, lui raconta l'histoire. Il lui donna ensuite maints conseils. Il allait quitter Obernai et les siens, mais Rose devait être châtiée. La haine pour la jeune fille et l'ardente exultation que lui procurait sa future vengeance animaient le jeune homme d'un bouillonnement inexplicable.

Tout ce qu'il exigeait de sa mère était de répandre la rumeur sur l'infidélité de Robert Shann avec Rose, et de divulguer l'état de Rose, fruit de cette infidélité.

— Mais es-tu sûr de ce que tu dis ?

— Aussi sûr que demain il fera jour.

Il exigea de sa mère d'être l'instigatrice de la rumeur, et que le nom de Bernstein ne soit jamais prononcé dans aucune conversation.

— Puis-je compter sur toi, mama ? Toute la ville doit savoir.

Odile Bernstein fit oui de la tête.

Jules resta auprès de sa mère jusqu'à l'aube, lui répétant de garder le secret de l'argent et de le dépenser bien modérément.

Au premier chant du coq, il jeta le sac de toile gris sur son dos.

— Je t'enverrai de mes nouvelles par personne interposée. Personne ne doit connaître l'endroit où je suis parti. Un jour vous viendrez me rejoindre. J'y veillerai. Adieu, petite mère.

Il l'embrassa sur le front, et quitta la maison. Odile sursauta au moment où le loquet de la porte claqua. Elle ne put s'empêcher de fondre en larmes. Elle cacha la bourse au fond d'un buffet bas qu'elle referma à clé.

# 10

## La colère d'Alice

*Dimanche 17 avril 1881*

Les cloches de l'église Saints-Pierre-et-Paul sonnaient l'heure de la grande messe avec une allégresse bienheureuse comme si, subitement, le monde entier renaissait.

En ce jour de Pâques, un grand soleil inondait Obernai de sa lumière d'or. Par moments, la brise, taquine, venait perturber la quiétude dominicale en pulvérisant son souffle dans les ruelles et les placettes, soulevant des nuages de poussière.

Les Obernois, endimanchés et joyeux, déambulaient dans les rues en direction de l'église.

Rose, malgré la mise en garde de Barbel lui ayant déconseillé de se rendre à la messe ce jour-là, outrepassa les conseils de son amie.

Après avoir verrouillé la porte derrière elle, elle ajusta la longue pèlerine en tissu très fin destinée à couvrir son corps tout entier et confectionnée avec l'aide de Barbel, et entama la descente de la rue des Capucins. Arrivée au bout de la ruelle, elle prit à gauche en direction de l'église. Elle était presque de bonne humeur. Le son des cloches en ce jour de printemps lui redonnait confiance. Elle envisageait l'avenir sous les meilleurs auspices.

Après la messe, elle irait déjeuner chez les Heim. Depuis la mort de Linette, la mère de Barbel se sentait responsable de Rose qu'elle avait vue grandir aux côtés de sa fille. Aussi l'invitait-elle régulièrement à la maison pour partager les repas.

Comme c'était jour de fête, Rose avait mis ses beaux bas brodés, de vrais bas tricotés dans le plus doux et le plus blanc des cotons, finissant aux extrémités par la vraie forme d'un pied. D'une finesse exceptionnelle, Rose leur prodiguait de grands soins et ne les portait que lors des grandes occasions. Aucune de ses compagnes ouvrières n'en possédait de pareils. Berthine Singer, une camarade d'atelier surnommée l'Œil de lynx à cause de son regard perçant et de sa curiosité insatiable, convoitait les bas de Rose, depuis le premier jour où elle les avait vus. Elle s'était mis en tête de se les approprier de n'importe quelle manière pourvu qu'ils soient siens un jour. Elle était de ces femmes insatisfaites, se plaignant dès qu'une oreille attentive voulait bien l'écouter de n'avoir rien, et de mériter bien mieux que la pauvre et triste condition dans laquelle elle évoluait.

— Cinq francs si tu me les vends. Et ma robe du dimanche en plus ! dit-elle un jour à Rose, à la pause de midi.

Rose refusa. Alors Berthine, pareille à une démente, se mit à crier de sa voix aiguë, entrecoupée de sanglots : *Pourquoi tu ne veux pas ? Pourquoi tu ne veux pas ?* Elle fit une seconde tentative deux jours plus tard. *Jamais. Jamais. Jamais !* décréta définitivement Rose. Les bas venaient de sa mère qui les avait rapportés de la foire de Leipzig. Rose s'était promis d'y faire très attention et de les faire durer.

Devant la boulangerie, elle salua Marguerite et son époux. Elle contourna le beffroi, longea la mairie, entama le raidillon en direction de l'église quand une voix scanda son nom. Étonnée, Rose stoppa net sa marche. La voix, celle d'une femme en colère, provenait d'en face, du côté de l'auberge de Schann. Non contente de hurler le nom de celle qui voulait passer le plus inaperçu possible, la voix se mit à proférer des menaces à son encontre. Rouge de honte, Rose cherchait du regard qui pouvait bien l'interpeller ainsi. Elle crut fondre comme beurre au soleil lorsqu'elle vit Alice Schann, les mains sur les hanches et le regard menaçant s'avancer vers elle. Rose hésitait maintenant. Rebrousser chemin, ou continuer d'avancer et affronter le courroux de la femme de Robert ? La jeune fille n'eut pas le temps de réfléchir longuement, déjà, Alice, telle une furie, se dégageait du bras de Robert, et se ruait sur Rose. Des gens, qui dans la foule avaient entendu crier le nom de Rose, s'étaient arrêtés.

— Celle-là, laissez-la-moi ! J'ai deux mots à lui dire.

Un attroupement se formait autour des deux femmes lorsqu'elles furent face à face. Des murmures s'élevèrent.

Barbel et Henri, qui attendaient Rose à quelques mètres de l'église, se rendirent vite compte qu'il se passait quelque chose d'inhabituel au vu de la concentration de gens qui, subitement, s'était formée sur la place du Marché. Ils échangèrent un regard d'inquiétude avant de se décider à rejoindre l'affluence.

— S'il vous plaît, laissez-nous passer ! S'il vous plaît ! hurlait Henri suivi de Barbel.

Et tout alla très vite. Alice se jeta sur Rose, tandis que Robert, saisi de surprise, resta hébété, comme paralysé, face à son incompréhension de la situation.

Les deux femmes tombèrent à terre, se relevèrent aussitôt, s'agrippèrent par les cheveux en criant avec toute leur hargne de femelles enragées. Après quelques secondes, à bout de forces, elles se lâchèrent. Face à face maintenant, se défiant l'une l'autre, elles se lançaient à nouveau des injures.

— Te laisse pas faire, Rose ! criait une voix dans la foule.

Les gens retenaient leur respiration. Et voilà que Rose et Alice s'empoignèrent à nouveau en gestes prompts.

— C'est une honte ! cria une voix d'homme, séparez-les !

— Vas-y Rose. Te laisse pas faire !

— Il faut les séparer !

Robert, toujours immobile, semblait peu à peu prendre conscience de ce qu'il se passait réellement. Les deux femmes poussaient des cris, se tiraillaient, et se déchiraient. Soudain, la surprise ! Le nœud de la cordelette serrant l'ample tissu plissé autour de la taille de Rose se défit et glissa au sol, libérant les bouts d'étoffe qui entouraient son ventre sous sa robe. Un murmure monta de la foule ! Elle est enceinte ! Rose est enceinte !

— C'est le bâtard de mon homme que tu portes là, hein ? réponds catin ! Sans gêne ! Fille de personne ! se déchaîna Alice en giflant la jeune fille.

Et la bagarre reprit, laissant à terre une paire de femmes hystériques, se griffant et se tapant.

Rose put s'échapper des mains batailleuses de son adversaire une fraction de seconde, le temps suffisant pour ôter un de ses sabots. Sans état d'âme, elle se rua sur Alice, déferlant sa rage en cognant celle-ci encore et encore.

— Arrêtez ! Ludwig Maïer et ses hommes arrivent !

Barbel et Henri, qui venaient de rejoindre Rose, l'empoignèrent sans attendre sous les bras de part et d'autre avec une grande agilité, et l'emmenèrent avec elle derrière le beffroi.

Robert, suivi d'Albert, un partisan, se pencha sur sa femme restée à terre, qui sanglotait de rage et de colère plus que de douleur.

— Que se passe-t-il ici ? demanda Ludwig Maïer d'un ton sec à Robert pendant que les casques à pointes encerclaient l'aubergiste et sa femme, et repoussaient la foule.

— Un scandale Herr Maïer ! Ma femme vient de se faire agresser par une partisane, une petite traînée, hurla Robert.

Prenant l'assistance à témoin, Robert déplora le peu de moyens déployés pour la sécurité des honnêtes gens. Il était temps que cela change !

— Ramenez donc votre épouse chez elle, monsieur Schann, et permettez que je vous accompagne. Mes hommes auront tôt fait de retrouver cette criminelle. Elle ne peut pas être bien loin.

Maïer, qui représentait l'autorité allemande, tentait comme beaucoup de ses compatriotes, de rallier à lui, avec habileté et patience, le plus grand nombre de notables et de membres de la bonne société alsacienne. Aujourd'hui, prêter main-forte à Robert Schann, le frère de monsieur le maire, était l'incident qu'il fallait mettre en avant, un moyen pour Maïer de se faire valoir aux yeux des citoyens.

De retour à l'auberge, Alice encore toute retournée, continuait de jurer. Aidée de Marylise, elle monta immédiatement dans sa chambre.

Robert, qui lui était resté avec Maïer, accablait Rose Margraff de toutes sortes de crimes.

*Si elle pouvait disparaître sur-le-champ cette petite sotte*, se disait Robert.

Puis il ouvrit une bouteille de schnaps, du marc de gewurztraminer.

— Mon préféré, dit Maïer en ôtant son casque dans un cliquetis de ferraille.

# 11

# La fuite

Barbel et Henri qui soutenaient toujours Rose venaient d'arriver rue des Capucins.

— La clé, Rose. Où est-elle ?

— Dans la poche de ma robe.

Tandis que Barbel ouvrait la porte, Henri souleva Rose, et la porta jusque dans sa chambre.

— Allonge-la sur le lit, Henri.

Barbel alla jusqu'à la cuisine et remplit promptement une cuvette d'eau posée dans l'évier. Puis elle attrapa un torchon accroché au mur, et s'en retourna dans la chambre auprès de Rose. Elle s'assit au bord du lit, et écarta doucement les cheveux blonds de Rose. Elle humidifia le front de son amie et nettoya soigneusement son visage pour ôter la poussière.

— Tout ceci aurait pu être évité, lui reprocha Barbel, nous étions d'accord, tu ne devais pas assister à la messe.

Henri, resté près de la fenêtre, scrutait le dehors. Il craignait la venue d'une troupe de patrouilleurs, à tout moment. Rose n'était plus à l'abri ici. Robert l'avait très certainement accusée de toutes sortes de crimes. Il fit part de son inquiétude aux jeunes filles.

— Nous devons nous rendre à la grande messe Henri et moi, rétorqua Barbel, sinon cela éveillera des soupçons et Maïer aura tôt fait de comprendre que nous sommes ses complices. Rose, reste ici. Rien ne se passera pendant la célébration de Pâques. Nous reviendrons aussitôt après. Nous aviserons alors.

À peine Barbel et Henri avaient-ils quitté la maison que Rose mit ses mains sur son ventre. À l'intérieur elle avait la sensation que tout se déchirait. Mais il fallait partir, et vite. Elle ne savait pas où aller, mais elle était consciente que si elle ne fuyait pas, elle finirait au fond d'un cachot et serait à jamais bannie du monde des civilisés. Elle ouvrit le premier tiroir d'une commode et en sortit un petit cahier enrubanné qu'elle fourra au fond d'un grand sac de toile. Elle le recouvrit ensuite de quelques affaires dont elle pourrait avoir besoin, y ajouta du linge propre, un drap et des objets chers à son cœur. Puis elle quitta la chambre. Avant de descendre l'escalier elle se retourna une dernière fois pour jeter un coup d'œil à ce qui avait été son enfance.

Une fois dans la rue, elle marcha la tête basse, rasant les façades et évitant la rue Sainte-Odile. Il ne fallait pas croiser quelques promeneurs pouvant la reconnaître, dont l'intention pour une récompense aussi petite soit-elle serait de la dénoncer, bien qu'à cette heure la majorité de la population fût à la messe, excepté les handicapés et les malades.

Dans le silence des ruelles, où seul résonnait le clappement de ses sabots, elle percevait les sons harmonieux des chants religieux.

Rose s'adossa contre la paroi délavée d'une maison. Elle haletait. Elle posa les mains sur son ventre. L'enfant gigotait. Une vieille mendiante désabusée, une grosse verrue sur le nez, un baluchon dans une main et un bâton de l'autre, l'interpella. Rose tressaillit.

— Une petite pièce jeune fille. Pour une pauvre femme sans le sou, suppliait la mendiante, et je te dévoilerai ton avenir.

Rose la dévisageait d'un regard effrayé. La faim ! Voilà ce qui l'attendait. Elle ne pouvait pas revenir en arrière. Mais où irait-elle désormais ? Et l'enfant ? Comment pourvoirait-elle à ses besoins, sans toit et sans travail ? Il fallait fuir. Loin. Une idée lui vint. Et si elle allait à Strasbourg. Elle passerait inaperçue. Elle songeait aux conversations avec monsieur le curé. Ce dernier, pour lui donner une idée de Strasbourg, avait comparé la ville à une fourmilière où tout se trouvait en abondance. C'est exactement ce qu'il lui fallait. Là-bas, personne ne la connaissait. Elle changerait de nom et y referait sa vie ! Elle cherchera du travail. Les manufactures, ce n'est pas ça qui devait manquer dans une grande ville. Mais l'enfant ? Que ferait-elle de l'enfant ? Et pourquoi ne pas le laisser ici, dans le faubourg d'Obernai, sur sa terre natale ? Oui, pourquoi pas ? Elle l'abandonnerait en évidence au bord du chemin. Quelqu'un passerait, et le trouverait. Une dame de notable peut-être, se promenant, quelques blanchisseuses revenant du lavoir, ou encore des religieuses s'en retournant au mont Sainte-Odile.

Des idées folles traversaient son esprit. Non, elle ne pouvait pas abandonner son bébé, la chair de sa chair. Pourtant, cette solution lui apparaissait comme étant la seule pouvant lui permettre de croire à un avenir brillant.

La peur s'empara d'elle. Elle bouscula la mendiante qui obstruait le passage et, soutenant le bas de son ventre de ses deux mains, elle entama la montée.

Les douleurs se faisaient de plus en plus vives. Elle s'affola. *Se calmer,* se rassura-t-elle à haute voix. *Trouver un endroit tranquille, pousser cet enfant hors de mon corps au plus vite, et partir loin.*

L'église Saints-Pierre-et-Paul se trouvait maintenant en contrebas. Elle continuait de grimper. Elle emprunta la rue de la paix et, peu avant la rue de la Haute-Corniche, elle s'engagea sur le chemin des Châtaigniers en direction du Kilbs. Elle s'engouffra dans le petit bois, et s'arrêta au bout d'une centaine de mètres. Le gai ruissellement d'un cours d'eau et le chant des oiseaux l'apaisaient un peu. Un chien aboyait, là-bas, dans la vallée.

La douleur revint, plus forte, plus longue. Elle n'irait guère plus loin. Elle fit encore une dizaine de pas dans le bois, inspectant les lieux, pour dénicher l'endroit idéal où elle donnerait naissance à son enfant. Elle s'adossa contre l'énorme tronc d'un chêne pour souffler un instant. Tout autour s'étalait un beau parterre de mousse odorante entourée d'une feuillée touffue et fleurissante. En face, le coteau de la Vigne bleue. C'est ici qu'elle mettrait son enfant au monde !

Elle se baissa, étala le châle rouge à même le sol, prit son sac de toile en guise de coussin, et s'installa confortablement. Sa couche sentait bon l'herbe piétinée. Sans qu'elle sût pourquoi, cette odeur d'humus la fit éclater en sanglots ! Elle se mit à prier sainte Marguerite, une bienheureuse, dont les anciennes disaient qu'elle soulageait la souffrance des femmes. Et tout en priant, elle pleurait dans le mystère de la solitude.

*Sainte Marguerite, aidez-moi. Sainte Marguerite ne m'abandonnez pas ; Sainte Marguerite accordez votre pitié à une pauvre pécheresse comme moi. Sainte Marguerite, pitié, pitié, pitié...*

Le soleil pénétrait en filets d'or dans cet océan de verdure.

*Mon Dieu, donnez-moi la force.*

Elle enfanterait toute seule. Tout à coup la souffrance fut telle qu'elle voulut crier mais elle se retint pour ne point alerter quelques braconniers en errance. Elle enroula le bas de sa jupe et mordit fort dans le tissu pour être sûre de ne pas hurler.

Les douleurs revinrent, intenses, insupportables. Ses jupons retroussés, elle poussa, poussa encore et encore. Il fallait qu'elle y arrive. Au bout d'interminables efforts, elle expulsa enfin le nourrisson braillant.

Tout en pleurant à chaudes larmes, elle releva la tête et vit, apaisée, la petite boule de chair blanche à même le châle rouge. Une fille ! Le cordon ! Il fallait couper le cordon. Combien de fois Lise, l'accoucheuse, ouvrière chez Mohler, avait-elle raconté comment procéder pour couper le cordon après une naissance.

Il lui fallait un objet tranchant. Elle réfléchit, regarda autour d'elle, mais ne vit rien qui pouvait servir à couper. Le pendentif ! Oui, bien sûr. Elle fouilla dans son grand sac de toile en tira la rosace attachée à une torsade en cuir dont lui avait fait cadeau Robert. Au dos du médaillon était gravé *Rose Margraff 1860.* Les bords en étaient affilés. Rose n'eut aucun mal à trancher le cordon. Tremblante, elle garda le médaillon entre ses mains ensanglantées.

*Merci mon Dieu. Merci, sainte Marguerite. Merci, bonne mère. Merci à tous les saints du ciel.*

Elle se leva péniblement, jeta un coup d'œil à l'enfant, et avança jusqu'au petit cours d'eau par un étroit sentier. L'eau était claire, transparente.

Elle ôta ses chaussures, retroussa jupes et jupons et posa ses pieds dans l'eau fraîche. Puis elle se mit à frotter vigoureusement ses jambes et ses mains, lava son petit linge et le médaillon, et retourna auprès de l'enfant. À l'aide d'un chiffon humide, elle débarbouilla délicatement le nouveau-né, garnit ensuite son petit cou du pendentif de Robert, et enfin, l'emmitoufla dans le châle rouge de Linette.

La nuit tomba. Rose, assise par terre et adossée contre le tronc du chêne, tenait l'enfant contre elle. Elle regardait la petite boule blanche, la berçait en fredonnant doucement :

*La la li, la la la*
*Ma petite fille est enfin là,*
*La la li, la la la*
*Mais on ne m'y reprendra pas !*

Et Rose, ce faisant, caressait de sa main fine et blanche le visage rouge de sanglots de l'enfant. Elle passerait la nuit avec son bébé. Au petit matin, elle le livrerait à son destin. Rose commençait à peine à somnoler quand le premier coup de minuit retentit dans la vallée. Elle s'effraya et sursauta. Elle serra son bébé tout contre elle. La nuit était douce, enveloppée d'un mystère charmant. Elle leva les yeux. Au milieu du trou des feuillages, elle distinguait les étoiles pareilles à une pluie de diamants, comme dans les récits des contes de fées. Tandis qu'elle se remémorait sa journée, doucement, elle s'endormit. Tout à coup, des bruits insolites la réveillèrent. Elle ouvrit les yeux, et tenta de distinguer quelque chose dans le noir. Cela provenait du côté de la Vigne bleue. Les bruits étranges reprirent. Une sorte de cacophonie et des sons biscornus. Elle se raidit, ne sachant plus durant les secondes qui suivirent, si elle était vivante ou si elle était morte. Même le son de sa voix resta au fond de sa gorge face à l'apparition qui se dressait, haute, majestueuse, et solennelle au-dessus de la Vigne bleue. *Je fabule ! Ce doit être la fièvre,* songea Rose en suivant des yeux une forme blanchâtre, une masse d'air flottante qui ressemblait étrangement à un corps de femme ondulant au-dessus de la Vigne bleue. Quand stupeur et frayeur furent passées, Rose s'apaisa. Le spectacle était si merveilleusement réconfortant, qu'elle se dit qu'il était impossible qu'une chose aussi magnifique puisse lui vouloir du mal. Elle se mit à réciter des prières, puis elle murmura à l'enfant.

*Un signe du ciel. Cette dame veille sur nous. Nous sommes bénies. Madame, donnez à cette petite créature innocente que je confie à la nature, un destin heureux, et sans embûches.*

L'apparition disparut. Et toutes deux se rendormirent.

Ce sont les mâtines qui réveillèrent Rose. Tout engourdie, elle déposa le bébé à côté d'elle, quand elle découvrit avec surprise, posé sur la face plane d'un tronc coupé à même le sol, un grand bol de lait encore fumant, un morceau de fromage, un *Bürebrot*[1] et un *Kujelhopf*[2].

Méfiante, elle regarda tout autour d'elle. Personne ! Elle dirigea son regard, là-bas, en direction de la Vigne bleue.

Elle fit boire l'enfant, se nourrit à son tour et quand elle fut rassasiée, elle creusa une légère cuvette dans le sol. Elle ramassa ensuite de la mousse épaisse, et en tapissa le fond. Elle y enfouit son petit cahier enrubanné, puis le nourrisson.

La feuillée du chêne faisait ombrage. Le nouveau-né ne serait point mouillé si la pluie venait à tomber.

Là, tu seras bien. Quelqu'un passera, te trouvera et s'occupera de toi. Je n'ai rien à t'offrir. Je n'ai pas le sou. Comment te nourrirais-je ? Moi-même je ne peux me nourrir ! Et, à l'heure qu'il est, je dois être recherchée dans toute la région. Ton père a dû me charger de toutes sortes de méfaits. Je vais changer de nom, et dès que je serai parfaitement à l'aise dans ma nouvelle vie, je reviendrai te chercher. Je te le promets. Garde toujours cette rosace autour de ton cou. Elle nous permettra de nous retrouver, un jour. Et prends soin du châle rouge de ta grand-mère.

1. *Bürebrot* : pain de campagne.
2. *Kujelhopf* : kouglof.

Tandis qu'elle parlait à son enfant comme si celle-ci comprenait, elle lui caressait la joue, le front, puis elle l'embrassa. Elle releva doucement le tissu rouge un peu plus près de son menton afin qu'elle ne prenne pas froid.

— Adieu, dit-elle subitement en se levant.

Elle prit son sac de toile, le jeta sur son épaule, et s'enfuit dans le silence de la forêt. Les branches craquaient sous ses pas pressés. Elle filait en courant aussi vite qu'elle le pouvait, fuyant les braillements assidus de l'enfant. Ses cheveux se dénouèrent. Elle faillit perdre son bonnet, le rattrapa de justesse et le fourra dans son corsage. Son sac sautillait en tous sens sur son dos. Sa jupe s'accrochait aux branches rebelles. Elle contourna Obernai par le Schenkenberg pour ne point être vue, et longea le coteau de la Vigne bleue. Il était près de midi quand elle ralentit le pas, essoufflée, en sueur. Il lui semblait avoir de la fièvre. Elle n'irait pas plus loin, trop épuisée par l'accouchement, et par les émotions. Elle abandonna le sentier pour un verger en fleurs. Une buse planait au-dessus d'elle, légère, fendant l'air aux mille parfums.

Au bout du verger, entre deux pommiers, sommeillait une cabane branlante. Elle décida de s'y reposer, incapable de continuer sa route. Elle poussa la porte qui ne résista pas et entra. Une fois à l'intérieur, elle ressentit tout de suite une douce sensation de sécurité. Il y régnait une odeur de pommes, d'étable, et de foin. Un petit banc ornait le côté droit. Rose s'y allongea, cala son sac de toile sous sa tête et essaya de dormir. Mais le remords d'avoir laissé sa petite fille était plus fort, et la rongeait, ne lui laissant aucun répit, tant et si bien qu'elle décida de rebrousser chemin pour revenir sur les lieux même où elle l'avait abandonnée. Quand elle fut tout près, elle s'étonna de ne plus entendre pleurer. Elle se mit à courir, inquiète. Mais force fut pour elle de constater qu'au pied du gros chêne il n'y avait plus de nouveau-né. Tout avait disparu, enfant et châle rouge ! Elle se mit en quête de fouiller bosquets et fourrés. Mais rien. Désespérée, elle s'agenouilla dans la mousse, au bord de la cuvette vide qu'elle avait creusée quelques heures auparavant, et éclata en sanglots. Elle remua la mousse, la porta à son visage, y fourra son nez comme pour retrouver l'odeur de sa petite ; mais rien. Il ne restait décidément rien.

# 12

# Le bois des châtaigniers

*Mardi 19 avril, au petit matin*

La clairière s'éveillait dans une sorte de quiétude matinale. Le soleil perçait la feuillée des châtaigniers, illuminant la ferme de Lucie nichée derrière un énorme châtaignier.

— Tu t'appelleras Marie-Salomé Trimborn, dit Lucie Trimborn avec fierté, le visage penché au-dessus d'un panier en osier posé sur la table, et dans lequel dormait un nouveau-né ; Marie-Salomé comme ma bonne amie qui vend du fil et du tissu au marché tous les jeudis, et Trimborn comme Blaise Trimborn, l'homme qui m'a élevée comme le père que je n'ai pas eu.

On pénétrait dans la maison de Lucie par une porte de planches solidement assemblées, donnant directement dans une vaste pièce, la pièce commune où s'imposait au centre une immense table ornée d'un chandelier.

Suspendues aux poutres du plafond, d'énormes brassées de fleurs et des herbes de toutes sortes séchaient patiemment. À gauche de l'entrée, deux fenêtres avec six carreaux chacune, à travers lesquels on pouvait apercevoir la verdure florissante du bois. Plus en avant, une barrière colonisée à certains endroits par le lierre et les mûriers sauvages délimitait les lieux. Romarin, thym et menthe poussaient en vrac autour de la maison, embaumant les lieux d'un parfum magique.

Lucie était propriétaire d'une vache, d'une brebis, d'une horde de pintades et de Rossette, un vieux cheval efflanqué dont elle se servait pour aller sur les marchés et pour tirer la carriole qui servait à chercher le bois coupé en forêt.

Lucie sortit l'enfant du panier et l'allongea sur la longue table, à côté d'un pain rond et d'un pot de lait. Elle défit doucement le châle rouge enveloppant son petit corps, et libéra son cou de la cordelette en cuir garnie d'une rosace. En découvrant le carnet, elle l'inspecta, le tourna et le retourna dans tous les sens. Comme elle ne savait pas lire, elle l'emballa avec le pendentif dans le châle rouge.

— Je vais ranger tout ceci en lieu sûr. Quand tu seras plus grande, je te rendrai le tout. Tu en feras alors ce que tu en voudras. Folle-Guenilles m'a ramené du linge propre tout spécialement pour toi. Et, tout en riant, elle ajouta, *Dieu seul sait où elle l'a déniché, mais quelle importance !*

Après un long moment de silence pendant lequel elle avait observé le bébé, elle reprit comme à regret :

— Moi non plus je n'ai pas connu ma mère… Les gens d'ici l'avaient baptisée la Rapine parce qu'elle volait, et qu'elle était plus populaire que le loup blanc. La plus grande voleuse de toute la région dans les années 1850. C'est Blaise qui me l'a raconté. Parfois, il me parle d'elle. Je crois bien qu'il était amoureux d'elle, jadis. Les bourgeois la craignaient, les miséreux l'adulaient. Grâce à elle, le petit peuple reprenait espoir. Et pour cause, elle dérobait biens et or à la bonne société, pour ensuite distribuer le butin récolté aux indigents. Une femme merveilleuse, ma mère ! Je suis fière d'elle ! Elle parcourait monts et vallées à cheval, jetant sur les paliers des habitations de fortune, des pièces par poignées. Blaise n'était jamais loin d'elle. Il m'a raconté que la joie des pauvres gens était si grande lorsqu'ils l'apercevaient, qu'ils s'agenouillaient devant elle comme s'ils venaient de croiser la Sainte Vierge en faisant des signes de la croix. Elle aimait la liberté. Elle parcourait les chemins d'Alsace sans but précis, de village en village, du nord au sud, toujours accompagnée de son escorte de fidèles compagnons, n'ayant qu'une seule et même ambition, celle d'apaiser la souffrance et la misère de ses semblables. Ce sont les gens d'ici qui l'ont tuée. C'est pour cela que je vis au bois, loin d'eux.

Cela faisait cinquante ans que Lucie vivait sur les hauteurs d'Obernai, dans le bois des châtaigniers. Blaise Trimborn l'avait recueillie, à tout juste un an, à la mort de sa mère, la Rapine. Il lui avait donné son nom pour la protéger du mauvais sort qui aurait pu lui être réservé, si quelqu'un l'avait soupçonnée d'être la fille de la Rapine. Il s'était consacré à son éducation comme si elle avait été sa propre fille, et bien plus tard, alors que la jeune fille avait atteint sa majorité, Blaise, aidé de quelques vieux amis vivant comme lui aux Châtaigniers, lui avait bâti une maison de pierres blondes et de bois, au milieu de la seule clairière existante du bois, en bordure d'un ruisseau pour que la jeune fille qu'elle était alors ne manque jamais d'eau pure.

Le bois des Châtaigniers faisait partie de la ville d'Obernai, mais les habitants ne s'y aventuraient jamais, par crainte de se faire agresser, persuadés que les lieux étaient habités par des gens peu recommandables, aux mœurs douteuses, qu'ils appelaient volontiers, « les sauvages ». Du moins, était-ce la rumeur qui circulait. Cela n'était pas pour déplaire à la poignée de bohèmes, à l'âme d'artiste, qui entendait exister selon sa propre idéologie, au rythme des saisons, de la nature, et qui y avait élu résidence.

Les gens du bois vivaient essentiellement de l'élevage de pintades, de poules et de lapins, de la vente des pâtés, des terrines et autres spécificités fabriquées par leurs soins, mais aussi du revenu des fruits et des légumes de saison qu'ils vendaient au marché d'Obernai, le jeudi matin, et sur les foires des villes voisines.

Les Obernois, indubitablement, craignaient de se rendre au bois, mais ils ne dédaignaient pas les produits des « sauvages », incomparables en goût et en abondance.

Les jours de marché étaient une vraie fête pour le petit clan vivant sur les hauteurs d'Obernai. Une occasion de se laver, et de se faire beaux. Lucie, la Marotte et Folle-Guenilles se coiffaient de jolis chapeaux fleuris. On entassait le tout dans une petite charrette à quatre roues, et on partait sur les routes de campagne.

Les gens du bois étaient populaires sur les marchés. Leurs volailles étaient grasses et leurs légumes gros et colorés. Ils avaient leurs places attitrées aux grandes foires agricoles, notamment celle d'Altkirch à la Sainte-Catherine, celle de Simon-et-Jude à Habsheim, celles de Brumath, de Wasselonne et de Pfaffenhoffen. Mais ils affectionnaient tout particulièrement celle d'Altkirch qui s'étalait de la place Xavier-Jourdain, où grouillaient une foule de paysans et des marchands à bestiaux, jusqu'au cœur de la ville et autour de la fontaine.

— Quand tu seras plus grande, je t'emmènerai sur les marchés, dit Lucie en badigeonnant le petit corps de l'enfant d'une pommade concoctée avec de la graisse fine de ses pintades et parfumée aux pétales de roses. Je t'apprendrai à chasser, à cultiver, à survivre. Mais avant cela, il va falloir te baptiser.

C'est monsieur le curé de Barr, qui ne refusait jamais de baptiser un enfant illégitime tant que l'affaire restait secrète, qui baptisa le bourgeon rose, une nuit, dans le presbytère accolé à l'église, et dans le plus grand secret. Il faisait déjà sombre quand Lucie, portant l'enfant au creux de ses bras, entourée de Blaise, de Folle-Guenilles, de Victorin et de la Marotte, pénétra dans la sacristie.

Cette nuit-là, pendant que monsieur le curé chuchotait des prières à la lueur de deux bougies, les cloches ne sonnèrent pas pour Marie-Salomé Trimborn, l'enfant trouvé, mais les cœurs, gonflés d'allégresse, battaient si fort que dans le silence de cette nuit d'avril l'on eût dit les chœurs d'un joyeux concert. Les yeux pétillants de bonheur, tous savaient que désormais plus rien ne les séparerait. Le petit *bourgeon rose* était là pour y veiller. Tout à l'heure, pour fêter l'événement, ils se retrouveraient autour de la table de Lucie pour déguster un repas pantagruélique.

***

Les jours passaient, tranquilles et sereins. Un matin, alors que Victorin le marguillier poussait la petite porte de la claire-voie, il vit Lucie à genoux, creuser un trou de ses deux mains sous un rosier aux fleurs roses. Folle-Guenilles, la mine sérieuse, récitait l'*Ave Maria* les mains jointes sur sa poitrine.

— C'est une idée de Folle-Guenilles, annonça Lucie à Victorin devant son étonnement.

— Nous enterrons le cordon de notre jolie Marie-Salomé sous le rosier, pour qu'elle garde une bonne santé et un teint de rose sa vie durant, ajouta Folle-Guenilles d'un ton sérieux, la face à peine visible sous son chapeau à large bord orné de plumes de faisan.

Ce matin, elle était singulièrement fagotée ; un accoutrement si excentrique que Victorin lui-même, bien qu'ayant l'habitude des goûts insolites de la quinquagénaire, ne put s'empêcher de la regarder à plusieurs fois avant de s'éloigner.

Mathilda Perez, la cinquantaine passée, surnommée Folle-Guenilles, pour sa coquetterie démesurée et son goût prononcé pour les nippes, s'était installée au bois des Châtaigniers, quinze ans plus tôt, lorsque son époux, un promoteur espagnol recherché pour une série d'escroqueries immobilières, avait quitté le pays. Elle s'était très vite adaptée à la vie au grand air et aux coutumes des gens du bois qui lui avaient appris les méthodes de survie. Derrière sa maison un peu vieillie, à une trentaine de mètres à peine de celle de Lucie, Blaise et Victorin lui avaient construit une remise où elle entassait les vêtements, les tissus, les fils et les rubans volés au hasard de ses randonnées qui la menaient parfois à des kilomètres du bois, l'obligeant certaines fois à dormir à la belle étoile.

Chaque jour, elle s'habillait comme une princesse, du moins en était-elle persuadée, superposant jupes et jupons, dentelles et frous-frous sans jamais manquer de se coiffer d'un chapeau. Mais elle ne s'occupait pas que de son accoutrement. Pour survivre, elle avait appris à braconner, et passait une grande partie de son temps à placer des collets. Une fois la semaine, elle régalait ses amis d'un civet de biche ou de chevreuil, d'un sanglier rôti ou d'un lapin de garenne. Elle faisait des terrines comme personne, et toutes sortes de pâtés, qu'elle monnayait fièrement sur les marchés.

En août, elle partait à la cueillette des myrtilles sauvages munie d'un peigne entièrement en bois que Blaise lui avait fabriqué.

Elle remplissait des paniers à ras, parfois quinze à vingt kilos de fruits par jour qu'elle utilisait pour faire des confitures, ou les séchait pour l'hiver. Elle allait à la cueillette des champignons et elle seule connaissait les endroits à truffes. Quand Lucie la voyait partir au petit matin, suivie de son teckel et équipée de son instrument en forme de javelot à longue lame triangulaire pour déterrer les truffes, elle salivait en songeant à l'omelette aux truffes que Folle-Guenilles allait leur préparer à son retour.

Les soirs de veillée, Folle-Guenilles aimait raconter des histoires ; ses souvenirs, mais aussi des histoires qui n'existaient pas. On l'écoutait sans jamais l'interrompre parce qu'elle était bonne conteuse et qu'elle avait dans les yeux l'étincelle mystérieuse et curieuse qui rendait tout si incroyablement vrai, et magique.

Les soirs de lune rousse, quand la chouette hululait, Folle-Guenilles interdisait à quiconque de regarder au-dehors, par la fenêtre de sa cabane, pour ne point croiser les yeux du fantôme de la Vigne bleue.

— C'est la nuit des revenants, murmurait-elle comme si elle craignait que quelqu'un l'entende, et si vos yeux croisaient ceux d'un de ces pauvres errants, il resterait dans ma maison. C'est arrivé au père Grégoire. Pour déjouer le mauvais sort, il a quitté la région sans demander son reste.

# 13

# De la campagne à la ville

*Juillet 1881*

Rose arrivait à Strasbourg. L'administration du Reichsland installait justement toutes les directions générales des trois Bezirke[1] dans la capitale : direction des Impôts, douanes, contributions indirectes, administration des eaux et forêts, poste, télégraphe ainsi que la Direction générale des chemins de fer d'Alsace-Lorraine. Ce qui contribuait au développement d'une importante catégorie d'employés bien payés et considérés.

Tout en marchant, Rose avait les yeux rivés sur le bout de ses souliers. Elle songeait aux paroles de madame Roehrig, qui lui avait conseillé de chercher du travail dans le secteur agricole, un domaine très développé à Strasbourg où cinq à six mille personnes tiraient leurs revenus du travail de la terre dans les faubourgs de la Robertsau, de Koenigshoffen et du Neuhof.

— *Et puis, si tu t'y prends bien, belle fille comme tu es, tu pourrais épouser le fils d'un de ces propriétaires terriens. Il*

1. Départements.

*paraît que les pères des jeunes bourgeois sont très soucieux des choix matrimoniaux de leur progéniture, refusant catégoriquement l'entrée d'un Prussien dans leur famille. Leur terre doit rester aux mains des Alsaciens. Ils sont plus complaisants envers les Alsaciennes, même pauvres.*

Rose n'avait pas de crainte quant à retrouver un emploi, mais en son for intérieur, elle savait que les débuts dans sa nouvelle vie seraient difficiles.

Elle avait mis deux mois à arriver à Strasbourg. Et pour cause ! Le jour où elle avait fui, abandonnant passé et nourrisson, la fièvre s'empara d'elle. À bout de forces, elle perdit connaissance sur le bord du chemin, tout près de Blaesheim.

Les Roehrig, des cultivateurs du village, découvrirent la jeune fille à demi inconsciente sur le bas-côté du chemin en rentrant des champs. Ils la chargèrent sur la carriole pensant que c'était le ciel qui leur envoyait de la main-d'œuvre.

— Le bon Dieu a entendu nos prières, mon Louis, dit la femme à son époux, alors que la charrette bringuebalante tirée par une vieille carne roulait tranquillement en direction de la ferme.

Rose, qui ne se souvenait de rien si ce n'est du bouillon brûlant et du lait bouilli qu'une vieille femme opulente l'obligeait à avaler trois fois par jour, s'était réveillée au matin du quatrième jour, dans un lit moelleux, aux draps parfumés à la rose qu'elle huma longuement en soupirant.

La petite chambre au plafond bas, aux lourds rideaux de reps rouge, aux meubles sombres et cossus, lui apparaissait si protectrice et si bien close qu'elle aurait voulu y demeurer à jamais. Elle s'étira à se désosser les articulations, et sentit immédiatement un bien-être. Des cris joyeux provenant de l'extérieur la poussèrent à se lever. Elle traversa la petite pièce jusqu'à la fenêtre, et l'ouvrit. La brise effleura son visage. Elle se pencha un peu et vit une ribambelle d'enfants qui s'amusaient à se courir après. Des poules et des canards flânaient en toute liberté devant la bâtisse. Et tout le long du mur, en une rangée bien alignée, se succédaient des jarres immenses servant à faire macérer le chou à choucroute.

Rose apprit par la suite que les Roehrig faisaient partie des gros exploitants de chou de la région et que depuis deux ans, ils s'étaient aussi lancés dans la culture du houblon, une culture timidement introduite dans la région vers la fin du Premier Empire par un brasseur haguenauvien.

— La demoiselle est réveillée ! La demoiselle est réveillée ! dit un petit gars en pointant son doigt en l'air, les yeux grands ouverts comme s'il venait de voir un revenant.

Une femme sortit de la maison en courant, tel un boulet de canon, et leva la tête en direction de la fenêtre où Rose se tenait debout.

— Vous devez avoir faim... Descendez... Nous déjeunons dehors. Il fait un temps magnifique.

Une vieille femme que Rose crut reconnaître comme étant celle qui l'avait nourrie pendant son sommeil dressait justement une longue table sous un immense pommier.

— Je vous rejoins, répondit timidement Rose.

Le déjeuner fut bien gai ce jour-là. Les enfants, tout excités d'avoir une invitée à table, étouffaient de petits rires dans leurs mains sous le regard bienveillant de la grand-mère.

Deux mois avaient passé ! Deux mois durant lesquels Rose, pour la première fois, découvrait la chaleur d'un vrai foyer. Elle avait un peu d'argent dignement gagné en aidant les femmes dans la maison, mais aussi les hommes dans les champs.

Mais un matin de la fin juillet, Rose fit son baluchon et reprit la route pour Strasbourg.

Madame Roehrig resta longtemps sur le perron à la suivre des yeux. Un frisson la parcourut. Pauvre fille ! songea-t-elle.

***

Rose entra dans Strasbourg par un temps clair et chaud. Tout lui apparut tout de suite démesurément grand et bruyant. Des carrioles déboulaient de tous côtés, l'obligeant à sauter tantôt à droite, tantôt à gauche pour ne pas se faire renverser. Effrayée par toute cette animation bouillonnante à laquelle elle n'était pas habituée, elle arrêta un passant pour lui demander la direction de la pension Marion, située Grand'rue[1], adresse que lui avait donnée madame Roehrig pour se loger à petits prix. Après avoir parcouru trois cents mètres environ, elle vit une enseigne défraîchie et rouillée portant l'inscription *Pension Marion. C'est ici,* songea-t-elle, en détaillant l'étroite bâtisse de trois étages qui se dressait devant elle.

Elle tira une cordelette accrochée à une grosse cloche fixée au mur, à côté de la porte d'entrée. Au bout de quelques secondes, celle-ci s'ouvrit sur une petite femme rondelette, le regard interrogateur.

— C'est à quel sujet ? demanda la petite femme en dévisageant la jeune fille de haut en bas.

— Je cherche une chambre. C'est madame Roehrig de Blaesheim qui m'envoie.

Elle eut à peine le temps de finir sa phrase, que déjà la petite femme l'abandonnait sur le palier pour disparaître dans l'étroit couloir sombre. Rose ne perçut que sa voix affûtée, criant :

1. Grand'rue : sa création remonte au v^e^ siècle apr. J.-C. et elle était déjà pavée. Elle reliait le Castrum romain à la route vers Saverne. Son nom date du XVII^e^ siècle.

— Madame Marion. Madame Marion. C'est pour une chambre.

Rose patienta sur le perron, face à une porte à demi entrouverte, et par laquelle elle tentait de jeter de furtifs coups d'œil curieux. Tout à son affaire, elle s'effraya lorsque la porte s'ouvrit brusquement sur une dame, coiffée d'un joli chapeau tout assorti à sa pèlerine et à ses bottines cirées.

— Je suis madame Marion. Que puis-je pour vous, mademoiselle ?

— C'est Sophie Roehrig qui m'envoie.

L'élégante dame l'observa un moment, et d'un ton plus avenant, elle dit :

— Mais ne restez pas sur le pas de la porte. Entrez.

Rose suivit madame Marion le long d'un étroit couloir qui déboucha dans un petit salon feutré et douillet. Dans un cornet pourpre, posé sur la cheminée derrière un album relié en basane, brûlait une veilleuse, rougeoyant tout l'intérieur d'une paisible et chaude couleur. La pièce dégageait une sorte d'harmonie bourgeoise avec ses draperies épaisses, son mobilier bien ciré et ses tapis fastueux.

Madame Marion invita Rose à prendre place dans l'un des fauteuils à grosses fleurs.

— C'est donc Sophie qui vous envoie, ajouta-t-elle en fixant discrètement l'accoutrement de Rose.

— Oui madame, répondit Rose poliment.

— Mon défunt mari, Dieu ait son âme, était son frère.

Et elle se mit à raconter son passé.

Madame Marion était veuve et n'avait pas eu le bonheur d'avoir des enfants. Son époux, incorporé dans l'armée de l'Est alors commandée par le général Clinchant, n'avait pas survécu pas à ses blessures à la bataille de la Lizaine en janvier 1871 dans le Doubs.

Unique propriétaire de la pension Marion, elle expliqua qu'elle fut contrainte d'employer deux personnes, Gilberte et Émilienne.

— Cette pension est toute ma vie. C'est pour elle que je suis restée en Alsace.

Madame Marion occupait le rez-de-chaussée de la bâtisse. Les six chambres réparties sur les trois étages étaient destinées aux voyageurs.

— Je ne loue pas en ce moment, j'attends les ouvriers pour les travaux. Mais pour vous je vais faire une exception, puisque c'est ma belle-sœur qui vous envoie ! Je vous installe dans la chambre lilas, au premier. Elle donne dans la rue. Ce sera quinze francs la semaine. Cela ira-t-il pour vous ?

Rose fit un signe d'approbation de la tête.

N'avez-vous donc pas de bagages ?

— Non, madame.

Madame Marion demanda à Émilienne de mener la jeune fille au premier pour lui montrer la chambre.

Celle-ci n'était pas bien grande, et sommairement meublée d'un lit tendu de velours, d'une table, d'une chaise, et d'une armoire. Il y avait aussi un petit évier, une cuvette, un poêle et un panier rempli de bois.

— Tenez voici vos clés, une pour l'entrée principale et une pour votre chambre, expliqua Émilienne. Si vous prenez les repas, il faudra le dire à Gilberte chaque soir.

Aussitôt seule, épuisée, Rose s'allongea et s'endormit.

La pendule sonna deux heures du matin quand elle se réveilla en sursaut à cause d'un cauchemar qui la laissa troublée. Une effroyable pensée traversa son esprit. Son bébé, où était-il à cette heure ? S'occupait-on bien de sa petite fille ? Cette nuit-là, malgré la fatigue, Rose ne se rendormit pas.

# 14

# Une nouvelle vie

Le lendemain de son arrivée à Strasbourg, Rose se réveilla les yeux bouffis de sommeil. Il était six heures. Elle n'avait pas beaucoup dormi depuis la veille, trop excitée par l'envie d'explorer la ville et son agitation.

Elle s'étira et sourit à la vue de la robe couleur parme posée sur la bergère. *Couleur parme,* songea-t-elle, *comme celle de madame Kintz, la femme du notaire.* Cette seule comparaison faisait grimper la valeur de la robe.

Adieu jupes rapiécées, sabots usés et bonnet sombre. Rose Margraff portait maintenant des souliers cirés et des jupons en dentelle. La veille, madame Marion avait ouvert les vieilles malles entreposées au grenier, dans lesquelles sommeillaient une panoplie de robes que madame Marion avait portées, jadis, du temps de ses vingt ans. Elle les avait conservées comme un trésor inestimable. Devant l'air émerveillé de Rose, elle dit d'un ton réjoui :

— Je vais les faire retailler, pour toi.

Rose et Strasbourg faisaient peau neuve ! Strasbourg, cette ville-symbole pour l'Allemagne, rayonnait. Le savoir-faire architectural et urbanistique allemand avait fait de cette cité essentiellement commerçante en 1870, une ville portuaire et industrielle. La conséquence en fut l'essor extraordinaire des associations de musique sous l'impulsion de l'abbé Cetty, curé à Saint-Joseph, exerçant à Mulhouse. On chantait. On allait au théâtre. Strasbourg, la puissante, l'explosive, la pétulante était désormais sous le feu des regards.

Pour Rose aussi, une autre vie commençait. Seule ombre au tableau, la pensée de son enfant. Chaque fois qu'elle y songeait, sa bonne humeur tombait. Elle frissonnait sous la couverture. Elle était consciente que plus jamais elle ne connaîtrait la tranquillité. Le bois des Châtaigniers, l'abandon de son enfant, ses cris lors de sa fuite, la hantaient. Elle n'avait en perspective que l'affliction et le chagrin. Le bonheur lui sera interdit. Rose avait peur. Très peur, là sous la couverture. Et si on venait à la retrouver ? Elle avait abandonné sa fille à cause de Robert. Elle avait cru en son amour. Elle comprenait mal pourquoi il s'était refusé à l'aider. Pire, il l'avait reniée, trahie et livrée au chef de la police en l'accusant de calomnie et de trahison. Elle, la femme qui portait son enfant ! Comment pourrait-elle jamais lui pardonner ? *Le plus monstrueux, c'est que je passe pour une délatrice et une mauvaise fille, alors que je ne suis coupable de rien !* gémit-elle dans son désespoir en se rappelant la forte émotion éprouvée sur la place du Marché, le dimanche de Pâques.

À plusieurs reprises, la jeune fille se retourna dans son lit pour se reposer encore un moment et oublier ses déboires, mais l'agitation bruyante qui montait du quartier, et qu'elle percevait à travers les rideaux épais des fenêtres, éveilla en elle une curiosité impatiente. Il fallait vivre, vivre, vivre pour retrouver son enfant. Le temps était précieux. Cette seule idée suffit à la revigorer un peu. Elle se dressa sur ses coudes et se leva, pressée d'atteindre la fenêtre. Elle écarta les draperies. Aussitôt une forte lumière emplit la chambre. Elle ouvrit la fenêtre, puis les persiennes. Elle s'accouda. Tandis qu'elle observait d'un regard friand son nouvel environnement, une odeur de pain fraîchement cuit, de feu de bois et de terre monta jusqu'à elle. Dix mètres la séparaient du sol. Un chat traversa la rue à toute allure, miaulant comme s'il venait de voir un revenant. Des messieurs en tenue de dimanche allaient et venaient, austères, les corps droits comme des I. Trois jeunes filles venaient de s'engager dans la rue. Elles marchaient côte à côte, d'un bon pas, éclatant de rire à tout propos. Rose les détaillait époustouflée d'admiration face à tant de coquetterie. Elles étaient jolies dans leurs robes fleuries ondulant sous la brise.

Et puis, il y avait cette grande et belle vitrine aux couleurs bariolées qui lui faisait face, et derrière laquelle s'étalaient toutes sortes d'articles. Elle n'avait jamais rien vu d'aussi beau.

Quelques coups contre la porte la tirèrent de cet enchantement. C'était Émilienne, la bonne. La pauvre femme avait le visage tout rouge et le front humide à la suite de l'effort fourni pour monter les marches de la cage d'escalier. Il faut dire qu'il faisait particulièrement chaud, en ce mois de juillet.

— Le déjeuner est prêt, mademoiselle… euh…

— Clara ! répliqua-t-elle du tac au tac, surprise elle-même par la rapidité avec laquelle elle venait de prononcer ce prénom. Clara Kappener.

Clara, comme la fille de Mohler d'Obernai, et Kappener comme sa tante de Nancy.

— Clara ! Quel joli prénom !

La femme de chambre tira les draps du lit, et ajouta hardiment.

— Vous admirez la belle vitrine ? Ce Louis Roederer est un génie !

— Louis Roederer ?

— C'est le propriétaire. Et ce n'est pas son seul magasin à Strasbourg, il en possède d'autres, et des immeubles aussi. C'est un homme puissant, mais bon. Un grand sens des affaires lui a valu dans la région une réputation d'homme exigent, méticuleux sur l'administration de ses biens. Tous les dimanches, madame Marion et lui déjeunent ensemble, à la Robertsau, dans un restaurant bien fréquenté, où le Tout-Strasbourg se retrouve… Madame Marion était très présente à la mort de sa femme.

La matinée se déroula dans une ambiance bon enfant. Émilienne raconta à Rose ses jeunes années à l'école de couture, tandis que madame Marion, enfermée dans son bureau, faisait ses comptes.

En début d'après-midi, Rose se risqua hors de la pension pour la première fois. Elle voulait voir de près toutes ces merveilles étalées dans la vitrine d'en face, et visibles de sa fenêtre. Après avoir imprégné sa rétine de beauté et de couleurs, elle poussa ses pas plus loin. Tous les dix mètres, elle demandait aux passants où elle se trouvait exactement. Sur les conseils de madame Marion, elle avait emporté une feuille de papier et un crayon et notait son parcours à mesure qu'elle s'éloignait de la pension. Elle s'engagea dans la Grand'Rue, aboutit sur les quais qu'elle longea jusqu'à la place Broglie, et s'assit sur un banc, tout près d'un attroupement grossissant à vue d'œil autour d'une femme assise sur un tabouret, trayant une à une les chèvres d'un petit troupeau. La femme distribuait du lait frais dans un bol, moyennant un sou. *Un rite,* expliqua-t-elle à un couple de touristes allemands. Rose apprit par la suite que le rituel en question était dû à l'initiative d'un certain docteur Wenger de la Robertsau qui encourageait la population à faire une cure de lait frais une fois l'an, pour retrouver force et santé.

Elle resta près d'une heure à observer les passants, puis se remit en route. Elle se retrouva très vite sur la place Kléber. Elle fut intriguée par le va-et-vient incessant, devant la brasserie Piton, l'un des six cent soixante bistrots de Strasbourg, située derrière la rue des Grandes-Arcades, rue du Vieux-Marché-aux-Grains. Monsieur Piton, le propriétaire, y avait établi un restaurant populaire. La brasserie était connue pour sa clientèle bourgeoise, mais surtout pour être le rendez-vous des protestataires et des défenseurs de l'Alsace. Sans savoir pourquoi, elle longea la façade sur quelques mètres et s'arrêta devant une fenêtre entrouverte, par laquelle, curieuse, elle essaya de discerner ce qu'il se combinait à l'intérieur.

Au fond de la salle, il y avait une table, autour de laquelle s'entretenait avec virulence un groupe de jeunes gens. Et voilà qu'un jeune homme se leva, et s'exprima avec de grands gestes. *Mais,* songea Rose, *cette tête ne m'est pas inconnue ! Bien sûr, c'est lui !* Le jeune homme n'était autre que Victor, l'homme qu'elle avait croisé le soir du rassemblement, à Obernai, à l'auberge de la Cloche. Elle n'en croyait pas ses yeux. Elle le trouvait beau subitement. Comment avait-elle pu ne pas remarquer son charme ce jour-là ? Il faut dire qu'elle ne l'avait pas vraiment regardé, trop occupée à guetter Robert et à se demander comment allait se poursuivre leur histoire. Victor avait les cheveux châtains et un visage rieur. Quand elle fut remise de son émotion, elle tremblota de bonheur. Elle avait souvent songé à lui durant ces derniers mois. Elle se souvenait que Gérard, un ami du père de Jules, lui avait raconté que Victor faisait partie du cercle étroit des conseillers du parti alsacien, mais dans l'ombre, afin de pouvoir exercer un contrôle sur les adhérents et les services représentatifs sans éveiller leur méfiance. Il était donc à Strasbourg ! Une joie immense s'empara d'elle.

— Vous venez pour la place ? l'interpella-t-on subitement derrière elle.

Elle se retourna, et se trouva nez à nez avec un monsieur imposant, montrant un écriteau de son doigt. *Cherche serveuse.* Prise de court, elle ne savait que répondre. L'homme la dévisagea une fraction de seconde, et dit :

— Suivez-moi, je vous emmène auprès du patron.

Tel un automate, sans réfléchir, elle emboîta le pas à l'homme qui l'avait interrogée et se retrouva dans la salle de la brasserie. Un brouhaha de voix et de bruits divers l'accueillit. Elle se rajusta hâtivement. Elle ne vit que des hommes assis en groupe autour des tables. Ils fumaient et buvaient de la bière.

— C'est pour l'annonce, dit l'homme à l'attention d'une trentenaire au visage sympathique derrière le comptoir.

— Je suis madame Piton, annonça-t-elle à Rose. Mon mari se tient derrière vous, voyez-vous ? Là !

Elle désigna du menton un monsieur svelte, l'air consciencieux, vêtu de noir, un grand tablier blanc noué autour de sa taille. L'homme s'entretenait avec des officiers assis à une table un peu à l'écart. Pour signaler la présence de la jeune fille, madame Piton fit un signe de la main à son mari.

Rose se rendit bien vite compte que la clientèle était essentiellement bourgeoise. Les habitués lisaient des journaux français *Le Figaro, Le Temps,* d'autres des journaux allemands.

Quand monsieur Piton eut rejoint la jeune fille, il lui demanda de le suivre. Ils montèrent quelques marches et se retrouvèrent dans une sorte de petit bureau. Tandis que monsieur Piton essuyait son front humide de sueur avec le coin de son tablier, il prit place derrière le secrétaire.

— Une vraie fournaise, aujourd'hui !

Il tira un tiroir sous la table, et en sortit une feuille, et une plume.

— Votre nom ? demanda-t-il en fixant son papier, prêt à écrire.

— Clara Kappener, monsieur.

— Votre âge ?

— 20 ans.

— D'où êtes-vous mademoiselle ?

Elle hésita, embarrassée par la question, mais répondit.

— d'Obernai.

— Et pourquoi avez-vous quitté Obernai ?

— Des raisons personnelles, monsieur, répondit Rose le rouge aux joues. Ma mère est décédée… Et…

Comme si monsieur Piton avait soupçonné quelque gêne chez la jeune fille, il enchaîna.

— Où demeurez-vous ?

— À la pension Marion.

— Je connais, répondit aussitôt monsieur Piton. Je vous engage. Soyez là, demain, à neuf heures tapantes. Ma femme vous expliquera vos fonctions et ce qu'on attend de vous.

Rose remercia monsieur Piton. Elle prit congé en lui tendant la main. Tandis qu'il la raccompagnait vers la sortie, il lui donna quelques bons conseils.

— Ne sortez jamais seule le soir, dans les rues. C'est dangereux ! Des mauvaises gens rôdent à la nuit tombée, et se livrent à des attaques nocturnes. Les apaches des faubourgs, qu'on les appelle. Jeudi dernier, une infirmière s'est fait rouer de coups sur le terrain des anciens remparts, en rentrant chez elle, après son service. Pendant qu'ils la tabassaient, les agresseurs, craignant que les cris de la pauvre fille n'ameutent tout le quartier, l'avaient bâillonnée. D'après deux passants, elle était méconnaissable. Comme aucun sergent de ville n'était dans le secteur, les canailles ont eu le temps de prendre la fuite.

# 15

## Nostalgie

Rose quitta la brasserie Piton encore tout époustouflée d'avoir trouvé du travail. C'était une première victoire dans sa nouvelle vie et rien, en cet instant précis, n'aurait pu anéantir la joie que lui procurait ce triomphe. Elle avait du mal à contenir sa joie. Son cœur battait vite et son corps tremblait encore par l'effort fourni durant tout le temps que monsieur Piton l'avait interrogée. Peut-être retournerait-elle à Obernai plus vite qu'elle ne le pensait ? *Du calme,* songea-t-elle en déambulant dans la rue, évitant les calèches et les voitures de louage.

Elle arriva devant la Taverne alsacienne, un lieu où les étudiants de la ville se rassemblaient. *Un nid de Français,* disaient les Prussiens, pour ne pas dire, *un nid de vipères.* Mais déjà, les ombres rallongeaient. La vision de son bébé traversa son esprit. Où était-elle ? S'occupait-on bien d'elle ? Elle songea à Barbel, à Henri et à tous les autres. Que faisaient-ils en ce moment ? Et Jules ? Qu'est devenu Jules ? Puis lui revint en mémoire cette étrange apparition, la nuit de son accouchement. Était-ce un signe ? Mais de quoi ? Dans quel but ? Elle secoua la tête comme pour chasser une hallucination. Elle finit par se convaincre que tout ceci était dû à la fatigue. Le plus douloureux pour elle était de resonger à sa mère. Des bribes de souvenirs traversaient son esprit et lui déchiraient le cœur. *C'est ici que tu aurais dû venir, mère. Tu valais bien mieux que de faire la bonne chez Bougras. Je te vengerai, je te vengerai...* murmura-t-elle tandis que ses yeux s'embuaient.

Il était près de vingt-deux heures lorsqu'elle arriva devant la porte de la pension Marion. Avant d'entrer, elle ne put s'empêcher de traverser la rue pour admirer une fois encore, et de plus près, les deux énormes vitrines éclairées par de petites lumières, offrant aux yeux friands magie et beauté. Elle demeura debout un long moment, telle une statue, immobile, les yeux absorbés par la diversité, la magnificence des parures, la quantité et les innombrables couleurs. Tout avait été changé depuis le matin. Madame Marion lui avait parlé de l'exigence de monsieur Roederer dont la devise était : *L'important est avant tout de faire déplacer les gens !* Aussi toutes les semaines, les vitrines du Bon Marché arboraient-elles un nouveau thème, amenant de nouvelles couleurs et une autre ambiance. Et si les clientes ne venaient pas pour acheter, du moins venaient-elles pour admirer les devantures.

Les yeux de Rose s'attardaient dans le coin de droite où étaient alignées les ombrelles. Une pure merveille. De la dentelle. Plus en avant, étalés en éventail, des fichus et des châles, des flanelles et des chapeaux présentaient leurs couleurs vives. Une échelle peinte en blanc et élimée sur les bords pour donner un effet vieilli était fixée sur toute la longueur de la paroi du fond, déployant pêle-mêle des bas de soie, des parapluies et des foulards aux tons délicats. Elle soupira, et traversa la rue. À peine avait-elle pénétré dans le vestibule que madame Marion, le visage contracté d'inquiétude, s'avança au-devant d'elle.

— Je me suis fait un sang d'encre, Rose… ne refais jamais ça ! Avec les temps qui courent, tout peut arriver.

Mais la jeune fille, prête à abattre des montagnes, et bien trop excitée par ce qui venait de lui arriver, ne la laissa pas finir. Elle raconta à madame Marion sa rencontre avec monsieur Piton, et sa future embauche.

# 16

# Le mystère de Noël

*Au bois des Châtaigniers. Dimanche 20 décembre 1885*

À Obernai, au bois des Châtaigniers, quatre années avaient passé pour Marie-Salomé en rires, en jeux, et en apprentissage divers destinés à lui inculquer la survie dans les bois. Blaise lui enseignait le braconnage et ses secrets. Folle-Guenilles la cueillette des champignons et des baies. La Marotte, pour qui la science des herbes n'avait plus de secret, lui apprenait leur manipulation et leurs bienfaits. Lucie l'initiait à la cuisine et à la couture, Victorin, à la pêche et à la manière de grimper aux arbres pour échapper à un poursuivant mal intentionné. Marie grandissait. Blonde, ingénue, aux traits délicats, elle possédait cependant une nature robuste.

Plantée sur une chaise, le nez collé contre la vitre, Marie, impatiente, scrutait le bout du sentier par la vitre, espérant à tout moment voir surgir Blaise et la Marotte. Tout à l'heure, ils partiront tous dans les bois pour choisir le sapin destiné à orner la grande pièce de Lucie où se déroulera le réveillon de Noël.

Dehors, l'hiver avait déployé son manteau blanc sous un ciel sombre et un silence cotonneux.

Marie, absorbée par la blancheur, guettait le moindre frémissement des branches susceptible d'annoncer l'arrivée de ses amis. De temps en temps, elle détournait le regard du chemin pour observer quelques mésanges picorant la couenne du lard que maman Lucie avait accroché aux branches d'un arbre.

— Les vois-tu venir, Marie ? interrogea Lucie.

— Non ! répondit-elle d'un ton marqué par la déception. Et voilà qu'il recommence à neiger ! s'écria-t-elle aussitôt, la voix enjouée, en tapant dans ses mains et en sautillant sur son escabeau.

— Neige à la Saint-Nicolas, donne froid pour tout le mois, répondit Lucie tout en sortant de la cheminée un pain de Noël brûlant.

— Les voilà ! Les voilà ! s'égosilla la fillette en abandonnant promptement sa chaise, et en courant jusqu'à la porte pour ouvrir.

Ce fut un tourbillon d'embrassades et de cris de joie, de rires et de babillages. Marie sautillait autour de la Marotte et de Blaise, ne tenant plus en place.

— Fichtre, ça sent bon ici ! déclara Blaise tandis qu'il pénétrait dans la maison.

Lucie venait juste de sortir délicatement du four des pommes cuites enfournées le matin.

— Avant de partir, nous allons boire du vin chaud, cela nous réchauffera, dit Lucie qui tenait une casserole pleine de vin qu'elle posa à côté de l'âtre. Elle saisit le tisonnier accroché au mur et fragmenta de la braise qu'elle arasa, puis avec les pinces, elle disposa au-dessus un trépied sur lequel elle posa la casserole. Tandis que la Marotte et Blaise s'attablaient, Marie se glissa entre les deux, et s'assit à son tour.

Tous les trois regardèrent, en silence, les flammèches danser sur les braises qui crépitaient au fond de l'âtre. Un fumet sucré montait du vin qui chauffait. Sur toute la bordure de la casserole, le liquide pourpre grésillait, formant un liseré de mousse rougeâtre.

— Je crois que c'est bon, dit Lucie en se baissant et en empoignant la queue de la casserole. Elle déposa la marmite sur la table face à trois paires d'yeux gourmands.

— Ça va nous réchauffer les boyaux... marmonna Blaise.

Le silence s'installa à nouveau, et on entama les nouvelles du jour.

Le grand sujet du moment était la disparition inexpliquée de la famille Bernstein qui s'était subitement volatilisée avec leurs quatre enfants sans que quiconque ne s'en soit aperçu. C'est à l'usine que l'alerte avait été donnée.

— Deux jours déjà. Incroyable ! soupira la Marotte. Il y a cinq ans, c'était Jules, le fils aîné, aujourd'hui, le reste de la famille.

— Le plus surprenant, enchaîna Blaise, c'est que la clé était dans la serrure. Les gendarmes ont trouvé les lits défaits, abandonnés dans la hâte et sur la table, six bols ébréchés à moitié vides.

— On dit que Jules aurait fait fortune en Algérie, dans la plantation, ajouta la Marotte.

Le bruit des cuillères raclant le fond des assiettes résonnait dans la pièce.

— C'est à ne plus rien y comprendre !

— La fille Harter veut épouser un officier prussien, annonça la Marotte, c'est Dina, la bonne des Harter, qui le raconte.

— Un Prussien ! s'écria Lucie.

— Oui. Un haut gradé, a-t-elle dit... Si, si, appuya la Marotte en voyant Lucie perplexe. La fille du gros Émile, surnommé le Pouilleux, et de la vilaine Blanche, veut épouser un officier prussien ! Ces faux bourgeois venus de Strasbourg sont venus s'installer dans le quartier du clos. Vous vous souvenez ? Promotion pour bonne conduite, nous a-t-on dit alors. Moi je dis collabos, oui, tout à fait ! Gare à trop fricoter avec l'ennemi. Il ne sera pas maître éternellement !

Tous s'effrayèrent en entendant frapper brutalement contre la porte d'entrée.

— Holà ! Vous êtes là ? criait une voix venant de l'extérieur.

Folle-Guenilles, un gros bâton à la main, pénétra dans la pièce commune telle une grosse boule de fourrure.

— Mes amis, l'hiver est bien là !

Elle attrapa le sac accroché à son dos, le jeta sur la table, l'ouvrit et en sortit trois lièvres qu'elle souleva fièrement au-dessus de la petite assemblée.

— Qu'en dites-vous ? Va falloir faire la tournée des pièges, Blaise.

Il acquiesça de la tête en disant qu'il irait.

Folle-Guenilles, la Marotte et Blaise étaient tous les trois de très bons braconniers. Ils tendaient les pièges comme personne et surtout, ils savaient effacer l'odeur de leur passage, en enduisant les appâts et les collets de sève forte, parfois aussi en les frottant avec du houx écorcé.

Le braconnage, qui était sévèrement puni par la législation allemande, ne les intimidait pas. Ils déjouaient la redoutable efficacité du corps des gardes-chasses. D'ailleurs pourquoi s'en priveraient-ils ? Le gibier abondait dans les forêts, et il n'était pas rare pour les promeneurs de croiser des hordes de chevreuils. Les chasseurs français étaient prêts à tout pour obtenir l'autorisation de venir chasser en Alsace. Ils allaient jusqu'à flatter et couvrir de louanges les autorités allemandes, jusqu'à dénoncer des Alsaciens qu'ils accusaient, souvent injustement, d'être contestataires et rebelles et de dégrader le climat entre la France et l'Allemagne !

— Te souviens-tu de Levasseur ? dit Lucie. Dénoncé par un de ses proches pour braconnage, il a tout perdu, biens et fortune.

— La délation est dans l'esprit germanique, continua calmement Blaise. Vous pensez bien que pour une belle prime d'argent, les Alsaciens seront bientôt tous des dénonciateurs.

— Va falloir être prudents à l'avenir. Très prudents ! avertit Lucie en resservant du vin chaud à ses hôtes.

Un moment de silence, d'une sérénité absolue, s'ensuivit. Tous appréciaient cet instant de paix et d'harmonie entre amis.

Folle-Guenilles rompit le silence.

— Saviez-vous qu'une dénommée Rose Margraff est recherchée par les autorités depuis près de quatre ans ? J'ai entendu ça à l'auberge de la Cloche, l'autre jour. Tout l'arrondissement ne parle plus que de cela !

— Rose Margraff... ce nom me dit quelque chose, fit Blaise, pensif. Rose, Rose, mais oui, c'est la fille de Linette Margraff, autrefois la maîtresse de Bougras.

— Moi je me souviens de Linette ! ajouta la Marotte. Elle aimait la compagnie des Prussiens ! bien plus encore celle de la boisson. Mais une pauvre femme, car elle ne s'est jamais remise de la mort de son époux.

— Moi aussi je me souviens d'elle, déclara Blaise, et de sa fille Rose. Elles se ressemblaient beaucoup toutes les deux, les mêmes cheveux blonds et les yeux bleus.

— Comme moi ? interrompit Marie.

Tous se tournèrent vers la petite fille, et la dévisagèrent.

— Oui, comme toi, ma belle, répliqua Lucie.

— Quelqu'un sait-il où elle est aujourd'hui, Rose Margraff ? demanda Lucie.

— Non, répondit Folle-Guenilles. Elle était enceinte de Robert Schann quand elle a disparu.

— D'où tiens-tu cela ? s'étonna Lucie.

— C'est Thérèse, la cuisinière de Bougras qui le raconte. Elle dit aussi que Rose avait été mise en cause par Robert, qui l'accusait à tort de toutes sortes de méfaits, allant jusqu'à dire qu'elle complotait contre le régime. Stratégie pour se débarrasser de Rose, et minimiser son infidélité aux yeux d'Alice et de la population.

— Schann ?! Mais il n'y a pas plus patriote que lui ! l'interrompit Blaise. Je le sais. Je participe de temps en temps aux réunions qui ont lieu chez lui, à l'auberge.

— Hypocrite comme tous les autres ! Faut croire qu'il est patriote quand ça l'arrange, ironisa la Marotte.

— Elles sont où, les belles dames ? coupa Marie de sa petite voix.

Tous, d'un même élan, braquèrent les yeux vers la fillette, interloqués.

— Marie… Rien de tout ce que tu as entendu ici ne doit jamais sortir de ces quatre murs, n'est-ce pas ? Rien de rien.

La petite fille secoua vivement la tête de droite à gauche.

— Jamais, maman Lucie.

— Alors on va le couper ce sapin ? lança la Marotte d'une voix enjouée. Tous à vos bottes !

## 17

# La magie de Noël

Lucie emmitoufla l'enfant et quelques instants plus tard, tous marchaient sur le sentier enneigé menant au cœur de la forêt. Le froid était vif et le ciel d'un gris sale. La Marotte portait sur son dos le *Rucksack* bondé de victuailles. Il était prévu de faire une halte vers midi, à la cabane du loup. Blaise prit Marie sous les bras, la souleva, et la posa sur ses épaules. Ils marchaient en file indienne. Les pas craquaient dans la neige fraîche et, dans le blanc et froid silence, Blaise évoquait la coutume de Noël.

— Sais-tu seulement, ma petite Marie, ce que Noël signifie ?

— Non, tonton Blaise.

— Noël est avant tout un nom chargé de paix et d'espoir. Sais-tu qu'il vient d'un mot latin, *natalis,* qui signifie « naissance » ? Au Moyen Âge, c'est « Noël » que les gens criaient les jours de liesse, aux naissances et aux baptêmes, aux mariages des princes, et à l'entrée des villes lorsque les rois revenaient de la guerre et des croisades… Cela me fait penser à mon vieil ami, le Parisien, rencontré après la défaite de l'armée de Mac Mahon[1]. Il m'a raconté que les Parisiens avaient crié « Noël », quand Charles VI[2] est entré dans la ville.

— Oh ! Regardez, un écureuil ! s'exclama Marie. Et là, un hulot, des mésanges… Et des merles…

— Tu n'écoutes pas ce que je te raconte.

— Bien sûr que si, tonton Blaise. Tu parlais d'un roi, il y a très longtemps.

— À cette époque, le peuple commença à prendre l'habitude, une fois l'an, de couper un sapin en forêt et de le garnir de pommes rouges et d'une étoile au sommet. Cette coutume, née ici, en Alsace, pas très loin de Sélestat, s'est répandue très vite en Allemagne, puis en Autriche, et ailleurs dans le monde. Il y en a même eu un aux Tuileries, sur ordre de la princesse Hélène de Mecklembourg, la belle-fille du roi Louis-Philippe, c'est mon ami parisien qui me l'a raconté. Aujourd'hui, il y a beaucoup de sapins à Paris pour la fête de Noël et ceci grâce à nos compatriotes alsaciens qui se sont installés dans la capitale après 1870. Cette année-là, Gambetta[3], en l'honneur des réfugiés de l'Est, en fit dresser un monumental à Paris.

Le vent avait forci, sifflant entre les futaies, les taillis et les bois telle une bête fougueuse.

Soudain, Blaise s'arrêta. Il pointa son doigt en direction d'un immense sapin d'environ deux mètres de haut. Marie se mit à s'agiter sur les épaules du vieux bonhomme. Oui, celui-là ! Puis, elle tapa dans ses mains en guise d'approbation.

— Va pour celui-là. Mais avant de le couper, nous allons faire griller nos saucisses à la cabane du loup. Puis nous le couperons.

---

1. Patrice de Mac Mahon : il participe à la guerre franco-prussienne, essuie plusieurs défaites en Alsace et lors de la bataille de Sedan où il est blessé dès le début des combats ; sa stratégie paraît confuse et marquée par une certaine hésitation.
2. Après la bataille de Roosebeke, Charles VI rentre à Paris à la tête de son armée.
3. Léon Gambetta : homme politique français, membre du Gouvernement de la Défense nationale, il fut l'une des personnalités politiques les plus importantes des premières années de la Troisième République.

La neige ne tombait plus. L'air était vif et le silence profond. Seul un petit ruisseau continuait à chantonner sa ritournelle. Un gros hibou sorti de nulle part, aux ailes lourdes, passa tout près de leur tête et regagna la cime d'un sapin. Pendant que Lucie et Marie préparaient le déjeuner, la Marotte et Blaise changeaient les collets placés dans le coin.

L'après-midi était bien entamé lorsqu'ils retournèrent sur les lieux où se trouvait le sapin, choisi le matin, pour le couper. Tandis que Blaise se mit à frapper de sa hache le tronc pour y faire l'entaille directionnelle, les autres membres du groupe s'éloignèrent de quelques mètres. Quand Blaise atteignit un quart du diamètre du tronc, Folle-Guenilles et Lucie entourèrent le tronc d'une grosse corde.

— Prêtes !

— Oui, répondirent en chœur les deux femmes.

À nouveau, Blaise, de toutes ses forces, frappa sa hache en coups réguliers contre le tronc, mais cette fois à l'opposé de l'entaille déjà faite. Un craquement jaillit de l'entaille et Blaise hurla :

— TIREZ !

Le conifère s'abattit au sol dans un nuage de poussière blanche. Blaise enveloppa la hache dans un vieux drap et la rangea dans son sac au dos. Puis il enroula la corde autour du tronc en la coinçant entre deux grosses branches, fit un nœud et se ceintura à son tour.

— En route ! lança-t-il en ouvrant la marche.

Blaise, penché en avant, avançait à pas réguliers et tirait derrière lui l'arbre de Noël que Marie ne lâchait plus des yeux.

— Tout va bien, Blaise ? s'enquit Lucie.

— Oui, résonna sa voix dans le froid silence, tout va bien.

La nuit tombait. Aux quatre coins du ciel, des étoiles, pareilles à des petites pierres lumineuses parsemées au hasard, brillaient dans le ciel. Tout en progressant péniblement dans la neige, tous revivaient les temps forts de la journée.

En atteignant le chemin enneigé qui délimitait le bas du coteau et longeait la Vigne bleue, Blaise se signa. Intriguée par ce geste, la petite Marie se retourna aussitôt pour tenter de voir qui Blaise avait bien pu saluer. Elle ne vit rien tout d'abord, mais l'instant d'après, alors qu'elle allait baisser les yeux, son regard surprit, le temps d'une fraction de seconde, une sorte de brume lumineuse aux formes féminines, qui se déplaçait au-dessus des pieds de vigne nus. Elle se redressa, incrédule. *Oh !* eut-elle le temps de s'écrier. Et la lumière avait disparu.

La voix de Lucie sonna dans le froid silence comme une source de vie chaleureuse, rassurante.

— Ne traîne pas, Marie ! La nuit sera là sous peu !

— Oui. Rentrons avant que les loups nous surprennent, chuchota la Marotte prise d'un subit frisson.

Mais ni les loups ni le froid ni la fatigue ne pouvaient, en cet instant précis, ôter de la mémoire de l'enfant qu'elle était, la lumière magique qu'elle avait vue se déployer au-dessus de la Vigne bleue. Elle voulut bredouiller quelque chose, mais encore toute perturbée par ce qu'elle venait de voir, aucun mot ne sortit de sa bouche.

Lucie remarqua le trouble de Marie, mais elle mit cette attitude sur le compte de la fatigue.

— Pourquoi tu traînes, Marie ?

La fillette grimaça un sourire, balbutia des paroles incompréhensibles en pointant son doigt vers l'arrière. Mais personne n'y prit garde. L'enfant comprit très vite qu'elle avait été la seule à avoir vu la lumière.

# 18

## Une belle amitié

Debout face au sapin, Marie, les yeux grands ouverts, regardait l'arbre qui paraissait immense au milieu de la pièce et, tandis que Blaise achevait de caler le tronc dans un grand bac rempli de sable, la fillette sautillait autour du vieux bonhomme en fredonnant de joie.

— On y accrochera des friandises, de petites pommes rouges et les sculptures en bois que j'ai découpées dans l'écorce. Au sommet, on mettra une lanterne pour illuminer le tout. Il faut de la lumière !

Lumière, un mot qui fit ressurgir dans son esprit celle aperçue au-dessus de la Vigne bleue. Ce souvenir la préoccupait. Elle tira la manche de Blaise qui venait de se lever pour admirer son œuvre. Le vieil homme se pencha vers elle.

— Qu'y a-t-il ?

— J'ai vu quelque chose, tonton Blaise… là-bas, dans la vigne, murmura-t-elle tout en écarquillant ses grands yeux bleus.

Le vieil homme s'accroupit devant la petite fille et approcha le visage de son oreille.

— Alors, toi aussi, elle est venue te voir ?

— Qui ?

La voix basse, il lui souffla :

— Chut ! Cela doit rester un secret entre toi et moi, Marie. Quand tu seras en âge de comprendre… je te raconterai l'histoire de la Vigne bleue.

— Oui, tonton Blaise.

Il faisait une tiédeur tranquille dans la pièce. Les braises craquetaient dans l'âtre et brisaient le silence moelleux.

La soirée fut particulièrement animée. On rit beaucoup. La Marotte dévoila quelques-unes de ses recettes de plantes secrètes. Folle-Guenilles raconta des histoires insolites et des anecdotes survenues durant le braconnage, les levées de collets, à la hâte, avant l'aube et les traques du gibier dans la neige jusqu'aux genoux.

— Tu t'en souviens Blaise ?

Blaise semblait avoir rejoint les bras de Morphée. Il somnolait la tête entre ses mains dans la chaleur de la tablée, mais de ses oreilles jamais en repos, il avait entendu les récits de Folle-Guenilles et acquiesça d'un léger signe de la tête.

Et voilà que Folle-Guenilles se leva subitement de table, se rua au milieu de la pièce, et telle une guerrière, se mit en position d'attaque tout en continuant à relater ses souvenirs.

— Et ce jour où les gendarmes avaient failli nous prendre ! Ils avaient cerné toute la corniche… Ils étaient là, à deux mètres à peine de nous… en une rangée bien alignée. Ni une ni deux, Blaise et moi, coude à coude, nous nous sommes jetés dans le ravin pour rejoindre la rivière où nous avons sauté. Nous avons nagé sous l'eau jusqu'à un amoncellement de troncs qui nous ont emportés jusqu'à Niedernai. T'en souviens-tu Blaise ?

Après un fou rire général, Folle-Guenilles narra l'anecdote de Seppi, un jeune Juif alsacien de Dorlisheim, auprès duquel un touriste allemand s'était plaint, outré de constater à quel point ses compatriotes allemands étaient peu aimés en Alsace. Mais cela fut en vain, le jeune homme était sourd et muet.

Cette nuit-là, les rires résonnèrent longtemps dans l'antre glacé du bois des Châtaigniers.

***

Les saisons passèrent, tranquilles, hors du temps et loin des complications. On s'occupait peu de politique au bois des Châtaigniers. Le sujet n'était abordé que lorsque Victorin rapportait des nouvelles grappillées auprès des paroissiens. En ce moment, on racontait que *La Prusse n'a en Alsace d'autres sympathies que celles du parti protestant.*

— C'est donc vrai ! s'exclama la Marotte un dimanche, alors qu'elle aidait Lucie à préparer un repas de fête en l'honneur de l'anniversaire de Victorin. Ce prince Chlodwig von Hohenlohe-Schillingsfürst que Bismarck a désigné à la place de Manteuffel[1] mort en juin dernier, eh bien, ce prince, il va nous rendre la vie impossible.

Il s'avéra par la suite que la Marotte avait raison. Le prince de Hohenlohe-Schillingsfürst qui était aussi ambassadeur d'Allemagne à Paris, et l'oncle direct de l'impératrice Augusta-Victoria, était un homme selon le cœur de Bismarck : Prussien, partisan d'une politique de force, conservateur et gonflé d'aversion pour la bourgeoisie alsacienne libérale. Dès sa nomination, le prince mit en place des mesures répressives pour tout le Reichsland. Actions de police, expulsions, procès politiques, dissolution des associations n'acceptant pas d'Allemands comme les chorales, les unions de gymnastiques ou les fanfares, tout lui était bon. Il avait conservé leur régime des notables, en s'appuyant sur des hommes qui avaient rejoint le nouveau gouvernement.

1. Le baron Edwin von Manteuffel était le gouverneur d'Alsace-Lorraine.

C'était le cas notamment des deux Zorn de Bulach, le père et le fils ; le père qui avait repris un siège au Conseil d'État, Conseil qu'il avait d'abord quitté avec grand fracas, et le fils qui devenait conseiller du Statthalter.

C'était une période particulièrement sombre, avec une forte résurgence de l'antisémitisme.

Les cas de friction et d'humiliation ne manquaient pas, surtout dans le milieu rural, majoritairement dirigé par les catholiques. Le célèbre journal *L'Elsasser* soutenu par l'abbé Jean Muller, ne mâchait pas ses mots contre les juifs, invoquant des griefs économiques.

Malgré une cohabitation difficile, chaque grande famille chrétienne avait *son juif* dans le monde des affaires. Ces derniers exerçaient surtout des fonctions de secrétaire, de notaire, d'agent immobilier ou encore de *rabatteur,* et se rendaient utiles dans diverses médiations.

Robert Schann avait lui aussi son *rabatteur* qui avait pour mission de recueillir secrètement un maximum de renseignements sur les paysans du faubourg désireux d'acheter ou de vendre un bœuf, un pré, un verger, ou d'emprunter de l'argent. Il transmettait aussitôt les informations à Robert lequel, une fois l'affaire conclue, lui remettait une commission.

***

Le 21 février 1887 ont lieu de nouvelles élections après la dissolution du Reichstag[1] décidée par le Bundesrat[2] en accord avec l'Empereur suite au rejet du projet de réforme militaire proposé par le gouvernement d'Otto von Bismarck et des nombreuses divergences en matière de politique internationale et budgétaire. Quelques jours après la dissolution, les

1. *Reichstag* : Chambre législative allemande.
2. *Bundesrat* : Parlement.

partis – conservateur, conservateur libre et national-libéral – font un pacte et décident de ne présenter aux élections que les candidats de leur rang ayant le plus de chances de succès. Ces « partis du cartel » soutiennent le chancelier Otto von Bismarck et ses idées. L'opinion publique fait confiance au chancelier. Les partis du cartel remportent une éclatante victoire au grand dam des Alsaciens. Ceux-ci, ayant gardé une profonde rancœur pour le chancelier qui les avait fortement blessés et humiliés dans leur fierté, avaient misé sur l'Empereur. À la proclamation des résultats, deux cent soixante-quatorze mille Alsaciens avaient voté pour les candidats protestataires sur trois cent quatorze mille suffrages exprimés.

Berlin interpréta cette attitude de l'Alsace-Lorraine comme une provocation et y répondit par la dictature, le but étant de pousser les Alsaciens et les Lorrains au désespoir et à la révolte, pour proclamer ensuite la loi martiale, et soumettre l'Alsace-Lorraine par la force.

— Pauvre de nous, dit Lucie en glissant le tisonnier dans les brandons chauds pour écraser les braises, où tout ceci va-t-il nous mener !

Puis elle attrapa un torchon pour empoigner les deux anses de la marmite sans se brûler, et la posa au centre de la table. Il s'en dégageait un fumet plaisant et aromatisé.

— Mangeons ! dit Lucie.

Cette nuit-là, on veilla tard au bois des Châtaigniers. Et pour cause, le sujet évoqué était l'avenir de Marie qui allait sur ses six ans. Tous se sentaient responsables du destin de l'enfant. Lucie suggéra que Marie devait apprendre un métier, pour pouvoir subvenir à ses besoins plus tard.

— Cela voudrait dire que notre petit bourgeon sera mis plus tard en apprentissage, et nous quittera ! s'exclama Folle-Guenilles d'un ton outré.

Lucie, qui depuis des semaines s'était mis en tête de faire instruire sa petite protégée afin de lui permettre d'avoir le choix de son destin, exposa à ses amis la situation dans toutes ses particularités.

Les trois paires d'yeux qui la fixèrent étaient si émouvantes que Lucie ressentit un fort sentiment de culpabilité.

— Soyons raisonnables. Nous l'aimons tous cette petite. Elle est notre raison de vivre, notre espoir. Elle est tout ce que nous ne sommes plus, mais ne l'obligeons pas à rester ici, avec nous, dans les bois, comme une recluse détournée de la  vie.

— Comment ? Mais qu'est-ce que cela veut dire ? l'interrompit Folle-Guenilles. Avons-nous réellement besoin de vivre en société ? Nous sommes heureux ici, loin de la sauvagerie et des mauvaises gens. Notre amitié est forte, nous nous soutenons. Tout ceci ne vaut-il pas toute l'instruction de la Terre ? Et qui va-t-elle rencontrer là-bas, en ville, sinon des filles perdues et des vauriens ? Je crains le pire. Elle est si… Si jolie, si honnête, si pure encore. Peut-être serait-il préférable qu'elle reste ici, avec nous ?

— Et toi la Marotte, qu'en penses-tu ? Et toi Blaise ? s'enquit Lucie.

— Marie doit avoir le choix. C'est à elle de décider ce qu'elle va faire de sa vie. C'est aussi pour cela qu'elle doit apprendre la rigueur, l'ordre et les bonnes manières.

La Marotte, les joues noyées par les larmes, acquiesça les paroles de Blaise d'un hochement de tête.

Tard dans la nuit, la décision tomba. Marie apprendra un métier.

# 19

# L'apprentissage de Marie

*Été 1889*

Avec l'arrivée au pouvoir, en Prusse, de l'empereur Guillaume II qui n'entendait pas grand-chose aux subtilités locales, le régime alsacien s'était encore durci.

Cette même année, en juillet, Lucie, avec l'accord de ses amis, mit Marie, qui venait d'avoir huit ans[1], en apprentissage chez la couturière Jeanne Rebmann qui enseignait la couture et la dentelle dans son atelier à Sélestat, rue des Pucelles, dans une maison à deux étages héritée de sa mère. Jeanne Rebmann était réputée pour sa rigueur mais surtout pour le bon niveau de ses élèves lorsque celles-ci quittaient sa maison. Une référence, la maison Rebmann ! Un laissez-passer donnant accès à toutes les grandes maisons de couture. C'est à l'arrière de la bâtisse que Jeanne avait installé son atelier. À l'avant, derrière une grande vitrine, elle exposait ses créations.

Le jour de l'inscription, madame Rebmann elle-même vint ouvrir la porte de la boutique pour accueillir Lucie

1. La loi du 14 mars 1841 fixe l'âge légal du travail à 8 ans

Trimborn et Marie. Elle les avait saluées jovialement et, se tournant vers Marie, elle spécifia d'un ton sévère que l'épreuve de passage se ferait sans la présence des parents, et que Lucie devait revenir dans une petite heure pour rechercher la fillette. Madame Rebmann saurait alors s'il y avait lieu de signer un contrat d'apprentissage ou non.

Quand la porte se referma sur Lucie, Marie dévisagea la couturière. Celle-ci sentait bon la lavande et paraissait fraîche et propre de la tête aux pieds. Son visage était aussi blanc et aussi lisse que le tablier brodé entourant ses rondes et larges hanches.

Jeanne fixait à son tour cette petite fille au teint mat, résultat d'une vie au grand air, engoncée dans une robe de toile fleurie défraîchie elle aussi par son existence dans la nature. En découvrant ses mains égratignées et rugueuses, malmenées par sa vie sauvage, elle fit une moue.

Au cours du long interrogatoire, au cours duquel elle avait demandé le nom de la mère de l'enfant et celui du père, madame Rebmann fit de grands yeux lorsque Marie ne sut que répondre. Mais elle n'insista pas.

— Sais-tu coudre ?

Marie fit oui de la tête. Elle vanta aussitôt les doigts de fée de Folle-Guenilles qui était très bonne couturière et lui avait montré toutes sortes de points.

Jeanne Rebmann plissa le front, sceptique.

— Comment dis-tu ? Folle-Guigui… Qui ?

— NON ! coupa court Marie énervée tout à coup. Elle s'appelle, FOLLE-GUENILLES. FOLLE-GUENILLES.

Jeanne Rebmann recula d'un pas, la main devant sa bouche, impressionnée qu'un si petit bout, en apparence si fragile, puisse avoir autant de voix.

Au bout d'une heure, lorsque Lucie revint, le contrat d'apprentissage, déjà rédigé, fut signé. Il disait à peu près ceci :

*À dater du 3 septembre 1888, madame Jeanne Rebmann s'engage envers Lucie Trimborn, à inculquer à sa fille, Marie-Salomé Trimborn âgée de sept ans, toutes les notions de la couture ainsi que la dentelle, et cela pour une période de sept ans.*
*Marie sera logée, nourrie, blanchie, chauffée, instruite en lecture, en écriture et en calcul...*

Après avoir signé le contrat, Lucie et madame Rebmann se serrèrent la main.

Ce soir-là au bois des Châtaigniers, durant le souper, les questions fusaient de tous côtés.

Mais septembre était encore loin !

# 20

## Un avenir doré

*Strasbourg. Été 1889*

Rose habitait depuis près de sept ans un vaste et bel appartement au premier étage du numéro 23, un immeuble accolé à La Maison rouge, telle une bourgeoise respectable et respectée, et que personne ne soupçonnait d'autre chose. C'est par ses relations au journal qu'elle acquit cet appartement, le propriétaire étant monsieur Grombach, un ami de monsieur Kaiser[1].

Tout s'enchaîna après son embauche au restaurant Piton. Un an à peine après ses débuts, elle se mit à travailler pour le journal, *Les Dernières Nouvelles d'Alsace*, situé au n° 7 de la rue du Bain-Finkwiller, grâce à un groupe de féministes qui se proclamait défenseurs des opprimés et s'appelait Les Femmes Courage.

Était-ce parce qu'elle-même avait subi moult malheur et cruelle indigence qu'elle intégra le groupe et y consacra une grande partie de son temps ? Quoi qu'il en soit, ces humanitaires unies par un même idéal luttaient contre toutes formes d'iniquités, et plus particulièrement celles causées aux femmes.

1. Heinrich Ludwig Kaiser : directeur du quotidien *Dernières Nouvelles d'Alsace*.

Monsieur Piton, l'aubergiste, pour qui ces âmes au grand cœur ne présentaient aucun danger, bien au contraire, était d'avis que le souhait de vouloir soutenir les causes de l'émancipation humaine était un noble projet et méritait son soutien. *Qui d'autre que les femmes a le temps de s'occuper de la misère du monde ? Les hommes travaillent !* disait-il. Il mit à leur disposition une pièce sommairement aménagée d'une grande table et de quelques chaises au sous-sol de son établissement. C'est dans ce lieu singulier, que Les Femmes Courage se réunissaient pour œuvrer en faveur des indigents. Elles firent très vite parler d'elles, suscitant l'admiration et le soutien d'une partie de la population. Pendant que les unes démarchaient à la recherche de structures pouvant accueillir les femmes en danger ou malades, les enfants à la rue, les prostituées, ou les sans-familles, les autres faisaient appel aux bonnes œuvres de l'Église.

Un jour, Rose avait interrogé une prostituée du nom de Lola. Quelques jours plus tard, elle décéda à la suite des nombreux coups portés par son client. Rose décida, pour sensibiliser les consciences, de publier les notes recueillies lors de la conversation avec Lola. Elle alla trouver l'éditeur du journal, *Dernières Nouvelles d'Alsace,* Heinrich Ludwig Kayser, pour lui demander de publier dans son journal, l'article où elle rendrait compte de la tragédie qui causa la mort de Lola.

— Je suis révoltée, dit-elle ce jour-là à monsieur Kaiser, et je ne pourrais continuer à me regarder dans une glace si je restais insensible à tant de malheur. J'ai honte de cette société qui se déclare progressiste, mais qui dans le même temps demeure si terriblement discriminatoire. Et c'est peu dire !

Son article parut, signé C.K., Clara Kappener. C'est ainsi que démarra sa carrière de reporter au journal.

La rencontre de Rose avec Heinrich Ludwig Kaiser changea le cours de son existence. Elle devint sa secrétaire, et très vite, passionnée par les événements, s'initia auprès de lui au travail de journaliste. Elle devint la première femme journaliste en Alsace à vivre de sa plume, qu'on disait acérée.

Lorsqu'elle fit part à madame Marion de sa décision de s'installer seule dans un vaste et bel appartement, cette dernière ne put s'empêcher de lui rappeler les valeurs de la famille. *Pour être respectée, une femme doit se marier !* Mais dans l'esprit de Rose, il n'était aucunement question de mariage. Dans l'immédiat, elle voulait satisfaire sa volonté de demeurer libre et gérer ses finances comme elle l'entendait, concept tout à fait contradictoire avec les convenances traditionnelles de l'époque.

Trois ans après son entrée au journal, lors d'un bal donné en l'honneur de Léopoldine, la fille d'un membre du Conseil municipal, et dont elle était chargée de faire un article, elle croisa le regard sombre et ténébreux de Lucien, fils de Louis Roederer, directeur du Bon Marché. Un homme dont le pouvoir et la fortune mettaient le Tout-Strasbourg à ses pieds. Était-ce par défi où par ambition qu'elle accepta son invitation ce soir-là ? Quoi qu'il en soit, quelques mois plus tard, elle se fiança au fortuné Lucien. Cette histoire suscita l'engouement de toute la bonne société strasbourgeoise. Et quand monsieur Roederer père comprit que son fils avait été touché par la flèche de Cupidon, il voulut connaître celle qui avait su éveiller les sens jusqu'ici endormis d'un fils qui n'avait pour seule distraction dans sa vie que les affaires. Aussi, la convoqua-t-il dans sa très belle demeure familiale, tout en pierres de taille, située dans le quartier de la Robertsau. Il fut tout de suite frappé par l'assurance, l'élégance, et la maturité de la jeune fille. Elle avait aussi la discrétion qu'il convenait d'avoir à une dame bien élevée de la haute bourgeoisie ou de la moyenne bourgeoisie. Elle émouvait Louis Roederer, le faisait rire, lui adressant des regards si spontanés et si impérieux qu'il ne pouvait s'empêcher de songer : qu'est-ce que ce sera quand elle sera madame Roederer ! Tous n'auront qu'à bien se tenir ! Son franc-parler l'impressionnait, et de surcroît, il se dégageait de la jeune fille une sorte de mystère qui intriguait monsieur Roederer.

Le passé que Rose s'inventa ce jour-là, et ce qu'elle confessa à monsieur Roederer lui était venu à l'esprit tout naturellement, aussi naturellement que si elle avait raconté l'histoire de *Hansel et Gretel*[1]. Oui, assurait-elle, sa famille était une riche et prestigieuse famille du nord de l'Alsace, partie pour l'Amérique en 1878.

— Mon père était un grand chef cuisinier, affirma-t-elle. Il avait un grand hôtel à Wissembourg. Un jour, il décida de vendre. Il avait dans l'idée d'aller en Amérique, de nous éloigner, ma mère et moi, de tous ces Allemands. Avec l'argent de la vente du restaurant, que mon père avait réussi à vendre trois fois plus cher que sa valeur réelle parce qu'il était un homme intelligent et parce que c'était le bon moment. La région était en effet en pleine prospérité. Il rachèterait un restaurant de l'autre côté de l'Atlantique. *La cuisine alsacienne devait traverser l'océan !* disait-il.

— Kappener ? s'était étonné monsieur Roederer en plissant le front, je ne connais pas ce nom.

— Mais voilà, avait enchaîné Rose, la fatalité voulut que mes parents me perdent à Cherbourg, oui, sur le quai, alors que nous faisions quelques achats avant d'embarquer.

— Pauvre enfant ! avait lâché monsieur Roederer dont l'âme paternelle s'était réveillée.

— Trois heures plus tard, mes parents étaient montés à bord, persuadés que moi aussi je m'y trouvais.

1. Conte alsacien très connu.

— Oh ! poussa encore monsieur Roederer dans un soupir horrifié. On t'a donc abandonnée !

— Non ! Mais que dites-vous là ! ne croyez pas cela, monsieur, avait contesté Rose, ne croyez pas cela ! Mes parents m'aimaient bien trop pour songer à m'abandonner. D'ailleurs j'ai l'intention de les retrouver dès que j'aurai rassemblé la somme nécessaire pour payer mon voyage en Amérique et aller à leur recherche. Ils doivent être terriblement inquiets à mon sujet.

Ce même jour, monsieur Roederer, étonné lui-même de la subite affection qu'éveillait en lui la jeune fille, proposa de lui avancer la somme nécessaire pour lui permettre d'aller retrouver ses parents en Amérique. Mais Rose refusa catégoriquement, invoquant la fierté familiale.

— Jamais mon père ne me pardonnerait d'avoir mendié, monsieur, et puis, c'est grand l'Amérique, je ne saurais pas où commencer à chercher.

Monsieur Roederer dévisagea la jeune fille, interloqué et admiratif, et n'insista pas. Comment aurait-il pu en être autrement ! Si son fils avait levé les yeux sur elle, c'est bien parce qu'elle était différente de toutes les autres. Lucien ne pouvait s'énamourer d'une bourgeoise ennuyeuse, fade, anodine ou médiocre. Rose l'ignorait encore, mais elle venait de se faire une place dans le cœur de cet homme.

Elle s'était inventé un passé, et n'en revenait pas elle-même d'avoir pu trouver les mots aussi facilement. Elle se remémora les paroles de madame Marion, à son arrivée à la pension. *Peu importe ce qu'on peut penser ou dire de toi, l'important est de ne jamais oublier de défendre tes intérêts et d'assurer ton avenir.*

— Lucien m'a rapporté que vous travaillez pour le journal de monsieur Kaiser… Je ne mourrai donc pas idiot. Clara Kappener, vous êtes la première femme journaliste en Alsace ! Comment est-ce possible ? Vous ferez partie des héritières des femmes remarquables de ce siècle, mademoiselle. Vous allez presque me convaincre que le cerveau d'une femme peut contenir autant d'informations que celui d'un homme.

— C'est le cas, monsieur Roederer.

Il sourit devant tant de spontanéité.

— En tant que future femme de mon fils, je vous ferai verser une rente annuelle conséquente, Clara. Ainsi vous pourrez parfaire votre éducation, vous habiller, vous divertir, et fréquenter les lieux préconisés par la bonne société.

Ainsi Rose Margraff, fille de Linette, recherchée par les autorités pour trahison, était devenue Clara Kappener, une respectable et belle jeune femme dans tout l'éclat de sa beauté, et parfaitement intégrée dans les plus grandes familles. Elle avait chassé la Rose restée en elle, pour grandir et devenir ce qu'elle était aujourd'hui. Pour l'heure, tout laissait présager un destin luxueux et heureux.

Depuis sa fulgurante ascension, elle n'avait revu le charmant Victor, le bel orateur d'Obernai, qu'une seule fois, et cela peu de temps après sa rencontre avec Lucien, lors d'un rassemblement dans l'arrière-boutique d'un tailleur, où elle avait été sollicitée pour les besoins d'une interview. Le parti des rebelles s'insurgeait contre les mesures rigoureuses prises par Berlin pour des questions aussi peu importantes que l'arrivée de quelques voyageurs sur le territoire d'Alsace-Lorraine.

— Nous avons un gouverneur et un ministère d'Alsace-Lorraine… investis d'une autorité suffisante pour ne pas avoir à supporter les ordres directs de Berlin… hurlait un des membres…

— On nous humilie, on nous méprise... Le gouvernement allemand lui-même semble effrayé de ce qu'il a fait ! criait une autre voix.

— À toutes les réclamations, Berlin répond par un NON catégorique... Trop facile !

— S'il vous plaît, messieurs, silence, écoutez-moi... essayait de s'imposer Victor. Je pars avec les membres du parti et monsieur le baron Charpentier, membre du Conseil général de la Basse-Alsace, demain matin, pour Berlin... Avec la ferme intention de plaider notre cause...

Après la réunion du parti, Rose et Victor restèrent un moment en tête à tête. Elle, un crayon et son petit calepin à la main, notait ses propos. Il était tout investi de sa mission de défendeur de l'Alsace à Berlin. Ses yeux brillaient et sa passion du devoir le rendait encore plus séduisant aux yeux de Rose.

— Vous vous appelez Victor, je crois... dit-elle presque timidement.

— Oui, répliqua-t-il d'un air étonné. On se connaît ?

Il ne se souvenait pas d'elle. Cela fit mal à Rose. Pourtant, il lui avait semblé que ce soir-là, à Obernai... *Oh, et puis quelle importance*, songea-t-elle.

— Quelque chose ne va pas, mademoiselle ? demanda-t-il.

Remarquant qu'il paraissait un peu gêné par l'insistance de son regard, elle esquissa un sourire et changea de sujet.

— Non, non, tout va bien, rassurez-vous.

— Mais asseyons-nous, dit-il en tirant une chaise à l'attention de Rose. Pardonnez-moi, mais c'est bien la première fois que je confie les idées du parti à une femme... C'est vous dire à quel point j'ai confiance en vous.

— Dois-je prendre cela comme un compliment ?

Il la fixa, non plus comme une personne ordinaire, mais comme quelqu'un de bien particulier. Elle en fut touchée. Enfin il l'avait remarquée !

— Oui, c'est un compliment. C'est donc vous la jeune journaliste fiancée à Lucien Roederer ?

— Oui, répondit-elle simplement, le regardant droit dans les yeux.

Il n'était pas insensible à la chaleur de ce regard bleu lagon. Le trouble qu'il ressentait le perturba.

— Mais parlez-moi encore des objectifs prévus par le parti, reprit-elle.

— Nous voulons régler la question des passeports à la frontière d'Alsace-Lorraine. Nous espérions des mesures moins drastiques à la suite des élections de février 1887. Aujourd'hui, nous sommes bien déçus que Berlin n'ait pas tenu ses engagements. Le gouvernement persiste à maintenir des mesures inutiles et nuisibles, avec le système des passeports. Les parents et les amis de France, qui depuis des années étaient restés en relation directe avec leurs familles d'Alsace, se déplaçant très souvent pour les visiter et les soutenir moralement, sont contraints tout à coup de produire un passeport visé par l'ambassadeur d'Allemagne à Paris, et un permis de séjour délivré par les sous-préfets… Que le fonctionnaire chargé du service de la frontière se renseigne sur l'identité des personnes qui entrent en Alsace et qui en sortent, nous pouvons l'admettre, mais que ce fonctionnaire exige qu'ils soient munis d'un permis de séjour, que des personnes appelées dans le pays, pour des raisons urgentes, familiales, restent bloquées à la frontière et ne puissent continuer leur voyage, reste tout simplement inadmissible… Pour les Alsaciens-Lorrains on ne demande pas de passeports car ils sont Allemands ! Mais il faut une permission de sortie. C'est ce qui est arrivé à deux vieillards qui ont voulu aller toucher leur pension à Lunéville. Ils ont voulu contourner la frontière. Ils se sont fait prendre et depuis, ils sont en prison… Ce décret a même éveillé l'imagination des humoristes, pour vous dire. Zislin et Hansi, dessinateurs réputés, ne se privent pas pour proposer aux journaux leurs caricatures acérées.

Pendue à ses lèvres, elle continuait à prendre des notes, comme une élève sérieuse et appliquée, et que rien, en cet instant précis ne pouvait distraire. Quand vint le moment de se quitter, ils se sourirent tendrement, et se séparèrent – à regret ? Oui. Mais ni l'un ni l'autre n'en connaissaient la raison.

Pour Rose, les jours filaient comme un joyeux oratorio. *Le bonheur existe donc*, songeait-elle tous les matins en s'étirant dans son grand lit aux draps de soie. Absorbée par sa vie trépidante, elle courait vers un destin doré, comme un droit au bonheur. Elle n'oubliait pas les hivers sans feu, les repas sans viande, et les guenilles rapiécées que lui donnaient les Sœurs de la Charité chrétienne, du temps où elle habitait Obernai. Non, elle n'oubliait pas. Mais aujourd'hui tout cela était si loin, si irréel. Un abîme séparait Rose de Clara. D'ailleurs, elle voulait tout oublier, ou presque.

Les jours étaient consacrés à des distractions conformes à son rang, souvent avec des jeunes filles oisives et riches, et dont le plus grand plaisir était de passer leurs après-midi à la pâtisserie Olivier, place Kléber, à parler de tout et de rien.

Une fois par semaine, elle déjeunait avec ses amies Léopoldine, Blanche, et Clarisse, dont le père, à la tête de l'industrie brassicole, mettait justement au point sa nouvelle trouvaille, la bière Blonde Ale, chez le très réputé Streicher qui tenait au numéro 2 de la Petite-rue-de -l'Église un charmant établissement où l'on venait boire et manger des produits de qualité.

À chacun des déjeuners chez Streicher, Rose, Léopoldine, Blanche et Clarisse passaient des heures à bavarder en dégustant, selon leur humeur, soit un petit vin blanc, soit une bière, qu'elles goûtaient comme de vrais connaisseurs.

Une belle journée d'été, Rose et Léopoldine déjeunèrent seules, Clarisse étant partie à Genève pour le week-end et Blanche à Paris.

Tandis que le garçon versait consciencieusement le riesling dans chacun des verres disposés devant les jeunes filles, Léopoldine baissa la voix pour demander.

— Alors ? Comment se porte Lucien Roederer ?

C'était toujours ainsi qu'elle démarrait la conversation. Un sourire ironique au coin des lèvres, Rose se mit à raconter que tout allait merveilleusement bien entre eux.

— Mais encore ?

— Que veux-tu savoir ? Je t'ai déjà tout raconté.

Léopoldine, les yeux pétillants de curiosité, éprouvait de l'admiration pour Rose, qu'elle trouvait mystérieuse. Elle avait fini par l'appeler la Belle Aventurière.

— Sais-tu que j'ai vu Victor, l'autre jour ? fit encore Léopoldine d'un air coquin.

— Victor ?

— Oui. Il est venu à la maison, avec monsieur le baron Charpentier. Ils se sont enfermés dans la bibliothèque avec mon père. Ils ont causé une partie de la nuit… Je dois avouer que je suis de ton avis, il est plaisant à regarder, et cultivé aussi… Aurais-tu à redire si… si je tentais de le séduire ?

Interloquée par tant de franchise, Rose dévisagea son amie, puis se mit à rire, d'un rire nerveux, comme s'il s'agissait d'une perspective saugrenue.

— Je suis comblée avec Lucien. Victor ne m'intéresse pas.

Tandis que le garçon déposait deux belles assiettes garnies chacune d'une matelote au riesling, une question brûlait les lèvres de Rose.

— As-tu parlé avec Victor ?

— Haha ! Mademoiselle Clara Kappener, la grande journaliste alsacienne, la très sollicitée femme courage, je connais enfin ton point faible ! dit Léopoldine en éclatant de rire.

— Tais-toi donc Léopoldine, tu dis n'importe quoi. Tu as tant besoin d'aventure que ton imagination, fertile, je le conçois, déborde de rêves insolites.

Elles entamèrent avec appétit les morceaux de poisson couchés dans un lit de sauce au fond de leur assiette quand Léopoldine reprit plus sérieusement.

— Avez-vous défini la date du mariage avec Lucien ? Et ta famille ? Viendra-t-elle ? Et votre maison, à la Robertsau ? Les travaux avancent-ils ?

Rose sentit monter en elle une sorte de panique nerveuse. Les questions de son amie l'embarrassaient profondément. D'ailleurs que pouvait-elle bien lui révéler qu'elle ne savait déjà.

— Tu es bien trop curieuse, ma chérie.

— Et toi bien mystérieuse, répliqua Léopoldine. C'est peut-être cela qui a plu à Lucien ?

Les jours passaient. Rose, entraînée dans un tourbillon démesuré où invitations, divertissements, fêtes, concert et théâtre se succédaient, n'en oubliait pas moins son passé qui, après toutes ces années, était plus présent que jamais.

L'injustice subie jadis nourrissait son besoin de vengeance. Comme si le temps lui-même avait décidé de ne pas intervenir dans la quête de l'oubli. Elle retournerait à Obernai, coûte que coûte, pour retrouver sa fille, et venger sa mère.

## 21

# Un passé tenace

Il était près de neuf heures lorsque Rose quitta son appartement. Vêtue d'un petit chapeau feutré clair et d'un ensemble en satin, elle marchait en direction de la gare. Caroline Staub, une jeune Alsacienne de Haguenau, devait arriver par le train de dix heures pour une interview. L'entrevue était prévue au restaurant Le Piton. La jeune femme, domestique à Nancy, avait contacté le journal pour dénoncer les pratiques draconiennes auxquelles se livraient les fonctionnaires en poste à la frontière d'Avricourt, où elle s'était vu barrer le passage le jour de la mort de sa mère.

C'est Rose que monsieur Kaiser avait désignée pour cette mission, lui laissant toute liberté pour rédiger l'article de ce drame. Cela l'émoustillait. Elle tenait l'idéologie du conservatisme au bout de sa plume, mais bien plus encore, elle éprouvait un fort besoin de sensibiliser les esprits d'une telle aberration que celle de cette frontière d'Avricourt, la ville aux deux visages : Avricourt-France, et Deutsch-Avricourt.

Après l'interview, elle était attendue par monsieur Roederer, père, pour déjeuner avec lui. Il avait manifesté le désir de s'entretenir avec elle, sans Lucien. Aussi avait-il choisi le jour où son fils rencontrait un promoteur allemand pour l'achat d'un terrain sur les rives du Rhin. Rose appréhendait la perspective de cette rencontre. Que lui voulait-il, monsieur Roederer ? Avait-il découvert quelque chose sur son passé ?

Lorsque Rose et Caroline pénétrèrent dans le restaurant, madame Piton se précipita au-devant d'elles pour les accueillir.

— C'est une véritable joie de te revoir, Clara, dit-elle.

— Je vous présente Caroline Staub, annonça Rose en français.

Les présentations faites, madame Piton leur offrit un petit rafraîchissement et toutes les trois s'entretinrent un moment.

— Parlez allemand, mesdames ! dit sur un ton énervé monsieur Piton qui venait à son tour d'entrer dans le restaurant. Si un Prussien vous entend, je suis bon pour fermer mon établissement.

— Mon mari exagère un peu.

— J'exagère ? La semaine dernière, un journalier a été condamné à six mois de prison et à seize marks d'amende pour avoir chanté une chanson française dans une auberge à deux pas d'ici… Heureusement pour lui, il était saoul comme un cochon, cela lui a valu quelques circonstances atténuantes… Moi j'ai plus à perdre : un commerce.

— Tu as raison. Nous allons parler allemand.

Depuis les obsèques du maire, Jacques Kablé en 1887, jour sombre pour les Alsaciens, Berlin gouvernait l'Alsace en dictateur, ordonnant formellement, et sans exception aucune, de ne pas prononcer un seul mot en français. Les autorités allemandes avaient décrété que la philosophie, les traditions, les jugements et les idées françaises devaient absolument disparaître de l'esprit des Alsaciens.

L'établissement était presque vide à cette heure matinale. Rose et Caroline s'étaient installées au fond de la salle à manger, tout près de la fenêtre. Une fois le petit carnet ouvert et son crayon à la main, Rose entama le questionnaire préparé la veille.

Dehors, tout s'assombrit soudain. Le vent se leva. Et voilà que le tonnerre se mit à gronder. Sec. Bruyant. Un éclair jaillit incendiant d'une traînée lumineuse le ciel devenu subitement obscur et bas. Affolés, les passants se mirent à courir en tous sens pour se mettre à l'abri des premières gouttes de pluie, se protégeant de leurs bras, des bouffées d'escarbille soulevées par les bourrasques de plus en plus fortes. On s'engouffrait dans les magasins, on se pressait sous les porches.

— Oh là, là ! Qu'est-ce qui va nous tomber dessus, gémit Gervaise, la cuisinière, une petite femme aux joues rondes et fermes, les yeux écarquillés d'effroi, qui sortait justement de sa cuisine pour voir ce qu'il se passait.

— Mais c'est notre belle Clara ! s'écria-t-elle en apercevant Rose.

Rose avait toujours apprécié Gervaise. Quelques années plus tôt, à son arrivée au restaurant, la cuisinière l'avait tout de suite entourée d'une tendresse maternelle.

Aussi, lorsque Rose l'aperçut, elle s'excusa auprès de Caroline et se précipita vers la vieille dame pour se jeter dans ses bras.

— Ça fait longtemps, dis donc.

— Oui, répondit la jeune fille, je n'ai pas beaucoup de temps, tu sais.

— Prends-toi deux minutes, et suis-moi en cuisine. J'ai concocté une petite sauce, tu m'en diras des nouvelles.

— Fichtre ! Ça sent bon, en effet ! fit Rose en entrant dans l'antre sacré de Gervaise.

Un fond de sauce ronronnait dans un poêlon. Justin, un des commis, surveillait sa cuisson, une cuillère en bois à la main.

— Goûte ! Mais attention de ne pas te brûler.

— Tu es une véritable magicienne en matière de cuisine, Gervaise. Je viendrai déjeuner avec Lucien, un de ces jours.

Et leur conversation dériva sur Lucien Roederer, ce jeune bourgeois fou amoureux de Rose depuis leur rencontre.

— Sais-tu qu'il m'a demandée en mariage, hier encore, après la soirée chez les Blumenstein ? Je suis heureuse.

— Ne t'emballe pas, ma belle. Je crois bien que c'est la troisième fois que Lucien te demande en mariage. Et que lui as-tu répondu cette fois ?

— J'ai dit... oui, dit-elle, troublée.

— Tu as bien fait. On ne laisse pas un homme pareil trop longtemps dans le doute.

Mais un voile inquiet passa sur le visage de Rose. Gervaise, qui n'était point dupe, s'enquit de la raison de cette soudaine tristesse. Mais Rose n'eut pas le temps de répondre. Un bruit angoissant provenant de la salle de restaurant brisa net leur dialogue. Maintenant, c'était des éclats de verre, et le bruit violent des chaises renversées.

— Saperlotte, que se passe-t-il là dehors ? Allons voir, s'écria Gervaise.

Elles comprirent très vite. Deux hommes se bagarraient, se déchaînant l'un sur l'autre.

— Arrêtez monsieur Goldfinger, s'il vous plaît. Je vous en prie, monsieur Löwenstein, cessez, hurlait monsieur Piton que la panique avait gagné.

Sa femme, bouleversée, pleurait, debout à côté de la porte d'entrée. Lorsqu'elle aperçut Rose et Gervaise, elle se réfugia auprès d'elle. Rose fit signe à Caroline Staub de les rejoindre.

— Comment est-ce arrivé ?

Et madame Piton se mit à raconter entre deux sanglots que monsieur Goldfinger, commerçant, qui buvait tranquillement sa bière en lisant le journal, s'était tout à coup fait insulter par son concurrent Löwenstein. Goldfinger se vexa et, pour se défendre, jeta son verre de bière à la tête de Löwenstein, ce qui mit ce dernier dans une rage folle. C'est à ce moment-là que la bagarre a éclaté.

Pendant que madame Piton relatait les faits, les verres et les insultes continuaient de voler. Un verre vint se fracasser contre la porte battante de la cuisine, à quelques mètres à peine de Gervaise.

Après quelques minutes, qui parurent une éternité, monsieur Piton, aidé de quelques clients, réussit à rétablir l'ordre.

On apprit quelques mois plus tard que monsieur Goldfinger, tenu pour responsable de la bagarre et des dégâts matériels causés à la taverne Piton, fut traduit devant la justice et condamné à dix marks d'amende pour comportement scandaleux.

Le tonnerre grondait maintenant comme si la fin du monde était proche. Des éclairs jaillissaient presque tout le temps, déchirant le ciel de toute part. La pluie se mit à tomber avec une violence démesurée. Plusieurs personnes s'étaient réfugiées au Piton pour se mettre à l'abri.

— Rose ? Rose ? entendit subitement Rose comme dans un rêve au milieu du brouhaha.

Rêvait-elle ? Elle se retourna, et là, ce fut comme si la lame d'une épée venait de la transpercer. Barbel se trouvait face à elle, en chair et en os.

— Barbel ! bredouilla Rose.

En une fraction de seconde, son passé défila devant ses yeux, agressif, résistant, répandant un venin de douleur dans son âme et ses entrailles. Elle qui pensait l'avoir apprivoisé, ce passé d'un autre temps, le voilà qui ressurgissait plus tenace que jamais, s'imposant comme un stigmate rebelle dans le sillon du temps.

— Rose ! répéta Henri qui était à côté de Barbel.

Le moment de surprise passé, Rose, qui s'était excusée auprès de Caroline, de madame Piton et de Gervaise pour se précipiter au-devant de ses amis, les invita à la suivre.

— Ne restons pas là ! Allons dans un endroit plus tranquille.

Elle brava la cohue, talonnée de Barbel et d'Henri, jusqu'au bout du comptoir, près de l'entrée.

— Comme je suis heureuse de te revoir, Rose, s'exclama Barbel enfin remise de sa surprise, Henri et moi avons tout fait pour te retrouver, mais sans succès. Comme tu es élégante ! J'ai peine à penser que c'est toi. Et d'un ton presque gêné, elle ajouta, Henri et moi nous nous sommes mariés l'année dernière…

— Mes félicitations !

— C'est d'ailleurs pour cela que nous sommes là ! enchaîna Henri qui expliqua à Rose qu'il avait décroché un emploi à la SACEM à Graffenstaden et qu'ils avaient visité un appartement à Illkirch. Nous nous rendions à la gare, pour reprendre le train pour Obernai quand l'orage nous a surpris, sans quoi nous ne serions jamais entrés ici.

— La SACEM est cette grande société qui fait des machines textiles, des machines électriques et à vapeur et des locomotives, ajouta Barbel tout enthousiaste, en précisant que son directeur avait promis un bon salaire à Henri.

— Vous allez quitter Obernai ?

— Oui, la manufacture Mohler commence à licencier… Il y a de moins en moins de commandes, expliqua Henri.

— Et les autres ? Et Jules ? s'enquit Rose.

— Jules a filé comme un voleur, ainsi que toute sa famille, rétorqua Barbel.

— Ici, je m'appelle Clara, avoua Rose.

Elle se mit à leur raconter brièvement son départ d'Obernai, son accouchement dans les bois, sa fuite, son séjour à Blaesheim, et enfin son arrivée à Strasbourg.

— Et bientôt, je serai la femme de Lucien Roederer, le fils du propriétaire du Bon Marché et de plusieurs grands magasins.

Le récit fini, il lui sembla que tout allait mieux. Elle était soulagée que ses amis soient dans la confidence.

— Tu as trouvé ce que tu cherchais, on dirait, je suis contente pour toi, fit Barbel, admirative. Et ton enfant, où est-il ?

— Je ne sais pas, bredouilla Rose au bord des larmes. Et même si je le savais, jamais Lucien ne voudrait d'un enfant illégitime. C'est une fille.

Barbel et Henri la dévisagèrent en silence.

— Comment tu ne sais pas ?

— Non. Je ne sais pas. Je l'ai laissée au bois des Châtaigniers...

Les secondes qui suivirent furent pour Rose difficiles à supporter. Pourquoi ces regards de juges ? Pourquoi ?

— Et que devais-je faire ? Je n'avais pas un sou en poche pour acheter de quoi manger !

— Ne te fâche pas, fit Barbel comme si elle comprenait le trouble de Rose. Nous allons tout faire Henri et moi pour essayer de retrouver ta fille. Si tu l'as laissée au bois des Châtaigniers, elle ne peut pas être bien loin... Mais j'y pense, le jour de notre mariage, en juillet dernier, un certain Victorin, invité à la noce, avait posé un tas de questions à propos d'une jeune fille ayant travaillé chez le curé Antoine

Lorber. Cette fille ne pouvait être que toi ! Et s'il posait toutes ces questions, c'est qu'il avait une raison…

— Tu le connais ? l'interrompit Rose.

— Non. Il est marguillier. Il vit au bois des Châtaigniers.

— Méfie-toi quand même. Tu sais ce qu'on dit des gens du bois. Ce sont des voleurs, et des monstres. Mon Dieu, j'espère qu'elle est bien traitée là où elle se trouve.

Barbel haussa les épaules et se tourna vers son mari. Tous deux essayèrent d'apaiser la soudaine frayeur de Rose. Ils lui promirent d'aller trouver ce Victorin.

— Dès qu'on saura, je te contacterai. Mais comment te joindre ?

— Tu laisseras un mot, en main propre, à Gervaise. Elle est cuisinière, ici, au restaurant. À personne d'autre. Tu entends ?

— Je le ferai.

— Elle a huit ans ? risqua Henri.

Rose fit oui de la tête.

Et voilà que Barbel, qui connaissait la haine de Rose pour Bougras, se crut obligée de faire part à son amie du sort peu enviable de ce dernier.

— J'allais oublier. Bougras est mal fichu. Figure-toi que sa femme Jeanine, celle qui avait pris la place de ta mère, est à l'hôpital depuis des semaines. Depuis il a engagé une jeune Allemande qui, d'après ce que les gens racontent, ressent un grand besoin de luxe. Elle dilapide tout son argent.

Quand Barbel et Henri s'en allèrent, Rose eut un pincement au cœur. Ils avaient été ses amis. Elle n'oublierait jamais ni leur délicate attention à son égard ni leur bonté. Mais rien n'était plus comme avant.

# 22

# L'ombre de la Râpine

*Juillet 1888*

Rose et Lucien avaient passé la soirée au cabaret Le Riche, lieu de rendez-vous de la jeunesse strasbourgeoise. À minuit, ils prirent congé de leurs amis. Pour Rose c'était presque à regret, parce que Victor était là. Il était accompagné d'une jeune femme, Clarisse Bersauter, la fille d'un ingénieur nancéen, apprit-elle par la suite. Elle était belle, et riait tout le temps. Rose l'enviait. Victor était encore plus beau que dans ses souvenirs. L'ensemble sombre et la chemise blanche à jabot qu'il portait lui donnaient du charisme. Il les avait salués, elle et Lucien, en soulevant son chapeau haut-de-forme, avant de s'asseoir à la table d'un groupe de personnes plutôt bruyantes. Avant de partir au bras de Lucien, elle ne put s'empêcher de se retourner pour l'apercevoir encore une fois. Elle se sentit rougir quand il la surprit, mais en même temps submergée par la joie, parce que lui aussi s'était retourné pour la voir partir. Il l'avait donc remarquée ! À moins que ce ne soit le hasard qui ait voulu qu'il se retourne ? Non, c'était peu probable. Et puis elle avait senti l'insistance de son regard, un regard de braise, tendre et raffiné. Pour la première fois depuis qu'elle fréquentait Lucien, elle éprouvait le sentiment méprisable de tromper l'homme qui l'aimait, qui l'avait accueillie dans son monde, présentée à son père, qui lui faisait confiance, et sans lequel elle ne serait pas où elle en était aujourd'hui. Ce sentiment de trahison, elle le supportait très mal. Elle allait épouser un des meilleurs partis de la région, ce dont elle avait rêvé, mais alors, pourquoi ressentait-elle ce fort besoin de se disperser ? Que cherchait-elle ?

Dehors, tout était calme, endormi. De temps en temps, quelques éclats de voix brisaient la quiétude nocturne. Et là-bas, au fond d'une ruelle vétuste, un chat miaulait avec une obstination rageante, comme pour marquer son mécontentement.

Main dans la main, Rose et Lucien cheminaient en silence en direction de la place Kleber. L'air était d'une douceur étourdissante exhalant mille odeurs enivrantes : une de ces nuits faites pour l'amour. Le ciel parsemé d'étoiles ressemblait à un tapis cousu de diamants. Parfois, une odeur furtive de terre ramenait Rose dans son passé. Elle songeait à Barbel et à Henri. Maintenant qu'ils étaient dans la confidence, tout allait bientôt s'arranger.

C'est Lucien qui le premier brisa le silence pour s'enquérir auprès de Rose sur son air pensif. Il n'était pas dupe. Était-ce sa demande en mariage qui la mettait dans cet état de trouble ?

Elle le rassura. Bien sûr que non ! Bien au contraire ! Elle se trouvait honorée, grandie, émue et folle de joie à l'idée de devenir sa femme. *Pauvre Lucien*, songea-t-elle. Il était à cent lieues d'imaginer les raisons de son tourment. Il allait épouser une exilée sans le sou et sans famille, une impure, une menteuse !

Lucien sentait que quelque chose entravait la sérénité de leur bonheur. Cet air absent, parfois, sur le visage de Rose, ne laissait aucun doute. Quelque chose l'inquiétait, hantait son esprit. Mais quoi ?

Ce soir-là, le vague à l'âme, l'idée de tout révéler à Lucien pour se libérer, mais aussi pour mettre fin à la tromperie, effleura la jeune femme. Cependant elle se ravisa. Elle se savait aimée de Lucien et ne pouvait supporter l'idée de lui infliger un tel déshonneur.

Arrivés devant l'immeuble, Lucien la prit dans ses bras d'un geste protecteur et affectueux. Il éprouvait un irrésistible désir de poser ses lèvres sur les siennes pour l'embrasser. Mais il n'en fit rien. Son éducation ne le lui permettait pas. Il attendrait que Rose porte son nom.

— Je te remercie pour cette merveilleuse soirée, dit-elle dans un murmure.

— Je t'offrirai le monde, Clara, une vie merveilleuse, et tout ce dont tu rêves. Je comblerai tes envies les plus folles.

Rose sourit. L'aimait-elle vraiment ? Puis elle leva ses yeux tristes vers lui et, de sa main, lui caressa la joue. Les tendres paroles de Lucien la ravivaient un peu. Mais il y avait ce passé, ce passé, ce passé… qui l'empêchait d'être totalement heureuse.

— Bonne nuit, murmura-t-elle.

Lucien embrassa la jeune fille sur le front et la regarda s'éloigner. Il attendit qu'elle soit rentrée, et disparut au coin de la rue. Rose vivait dans un bel et grand appartement avec de grandes fenêtres qui, été comme hiver, laissaient filtrer la lumière du jour, éclairant le salon et la vaste salle à manger, pièces meublées toutes les deux en bois de chêne sculpté.

Tout en marchant, Lucien sifflotait. Il était presque heureux, parce que le lendemain, il lui offrirait les plus belles turquoises que lui conseillerait son ami Silvère qui tenait une petite bijouterie derrière la cathédrale ; des turquoises comme la couleur de ses yeux. Il était sûr que ce cadeau lui rendrait le sourire. *Et je l'emmènerai à la prochaine représentation du Stadttheater*[1]*. Rose aime le théâtre !*

Cette nuit-là, Rose ne trouva pas le sommeil, hantée par de vieux démons tenaces. À l'aube, malgré le soleil rougeoyant, illuminant d'une chaude clarté la place Kleber, le spectacle lui parut fade et sans couleurs.

En quelques années, Rose avait réussi à construire la vie dont elle avait toujours rêvé. Un léger rictus se dessina au coin de ses lèvres lorsqu'elle repensa à son arrivée à la pension Marion, aux belles devantures du magasin au Bon Marché, et aux jeunes filles qu'elle avait enviées. Que de chemin parcouru !

Depuis que Rose était citadine, elle avait acquis beaucoup d'assurance mais aussi une grande estime de sa personne. En épousant Lucien Roederer, elle entrerait dans une vieille famille bourgeoise, une des plus populaires de Strasbourg. Son passé, sa relation avec Robert, son accouchement, l'abandon de son bébé et sa fuite, elle devrait les oublier. À jamais ! Si huit ans plus tôt, alors qu'elle escaladait le chemin menant au bois des Châtaigniers, elle avait soupçonné que la vie lui réserverait un avenir aussi doré, jamais elle n'aurait abandonné son bébé. Jamais ! Cette nuit-là, elle s'en souvenait encore, l'âme de la Vigne bleue avait rôdé. Cette ombre vaporeuse et phosphorescente qu'elle avait vue flotter au-dessus des rangées de vigne lâcha un sanglot très doux qui se répercuta sur le coteau, à travers la brume. Lorsqu'elle était enfant, les gens du village évoquaient parfois la Dame blanche. Sa vision présageait un malheur.

1. Le Théâtre français, tout de rouge et d'or, construit en 1804, et complètement détruit en 1870 sous les bombardements des Prussiens, fut un des premiers bâtiments, et cela dès 1873, à avoir été reconstruit et restauré à l'identique ; la communauté allemande comptant alors énormément sur l'institution théâtrale pour conquérir le peuple alsacien.

Un jour, alors qu'elle croyait avoir vu l'ombre luminescente flotter au-dessus de la Vigne bleue, la grand-mère de Jules lui avait expliqué. « *C'est l'âme de Célestine Kling, surnommée la Rapine. À dix ans, rejetée de tous, elle a rejoint une bande de truands, des brigands qui sillonnaient l'Alsace, pillant la bonne société. À quinze ans, elle se trouva à la tête de la bande, désignée chef pour son courage et sa détermination. Trahie par son propre père qui la haïssait, elle et ses amis ont été brûlés vifs dans une cabane aux abords du coteau. On pouvait entendre les cris des agonisants dans toute la vallée. Depuis, la crainte de voir surgir le spectre de la Rapine hante les consciences.* »

Elle frissonna. Pour quelle raison avait-elle vu la Dame blanche ? Était-ce le signe d'un mauvais présage ?

# 23

# Un bonheur d'automne

*Septembre 1888*

Au bois des Châtaigniers, les mois se succédaient pour Marie en divertissement et en instructions diverses destinées à faire d'elle ce que Lucie appelait communément, *une jeune fille responsable et indépendante.*

Folle-Guenilles lui inculquait quelques règles de bienséance apprises du temps où elle allait à l'École supérieure de jeunes filles. *On se lave les mains avant de passer à table. On ne pleure pas en public. On ne montre pas son chagrin, on sourit. Et puis on ne raconte pas sa vie à tout le monde, on la garde pour soi.* Autant de bons conseils que Marie apprenait sans rechigner.

Depuis huit ans, Marie vivait en reine au bois des Châtaigniers.

Blaise lui enseignait la chasse, le braconnage, le maraudage comme jadis il l'avait fait avec Lucie.

La Marotte l'initiait à l'art des plantes, et Folle-Guenilles à celui de l'aiguille.

Un merveilleux automne, cet automne-là !

— Que de joie tu me donnes, soupirait Lucie en serrant très fort Marie dans ses bras.

— Es-tu heureuse, maman Lucie ?

Lucie acquiesçait d'un signe de tête. Bien sûr qu'elle était heureuse ! Marie lui avait fait découvrir l'extraordinaire sentiment d'être mère.

Cependant, depuis la confirmation par Jeanne Rebmann de la date du début de l'apprentissage de Marie, Lucie avait de la peine. Elle allait devoir abandonner à des mains étrangères son petit bourgeon rose.

Un soir, une semaine avant le départ de Marie pour Sélestat, la petite troupe se retrouva chez Lucie autour d'un civet. Folle-Guenilles était là, et la Marotte. Il y avait aussi Victorin et Blaise et Marie coiffée d'une jolie couronne de fleurs que lui avait confectionnée Lucie.

Après le dîner, la Marotte et Marie allèrent cueillir des myrtilles pour le dessert. Elles s'étaient toutes les deux aventurées jusqu'à l'orée du bois des Châtaigniers. La nuit tombait doucement et l'air se rafraîchissait. Et voilà que tout à coup, alors que Marie se relevait justement du sol, son regard fut attiré par quelque chose de lumineux. Elle se figea. À deux cents mètres d'elle, une dame pareille à une ondée légère et délicate et toute de blanc vêtue, flottait au-dessus de la Vigne bleue.

La Marotte, qui s'était approchée de Marie, s'étonna de la voir avec cet air extatique et, à la question, mais que fixes-tu ainsi ? Marie haussa simplement les épaules.

Cette histoire ne resta pas secrète. Dès que la Marotte poussa la claire-voie, elle parla à ses amis du comportement inquiétant de Marie.

— Elle fixait quelque chose, j'en suis sûre. Elle voyait quelque chose que je ne voyais pas. Je suis inquiète, mes amis, ajouta-t-elle dans un affolement exagéré, notre petit bourgeon ne va pas bien du tout. C'est de s'éloigner d'ici et de nous quitter qui lui retourne le cerveau, croyez-moi.

Les autres, silencieux et immobiles, la jaugèrent du regard. Blaise lui fit un clin d'œil complice, et pour changer de sujet, il frappa dans ses mains et invita tout le monde à s'asseoir autour de la table.

— Alors, on les mange, ces myrtilles ?

Et Marie éclata de rire !

# 24

## Au cimetière

*Obernai, août 1895, sept ans plus tard*

À la mi-journée, sous un soleil de plomb, un cortège triste et silencieux suivait un cercueil posé sur un char à banc tiré par quatre chevaux caracolant en direction du cimetière communal. On enterrait Antoine Klein. Sa fille, Marylise, toute de noir vêtue, soutenue d'un côté par son fils Robert et de l'autre par sa belle-fille Alice, avançait avec peine. Dans sa main squelettique et ridée, elle tenait un petit mouchoir blanc avec lequel elle séchait ses yeux dès qu'une larme roulait sur sa joue. Coiffée d'un chapeau en feutre noir garni d'une voilette de dentelle dissimulant la moitié de son visage, elle avançait d'un pas incertain, les yeux rivés au sol.

Tout en chantant l'hymne du *Miserere*, le cortège entrait dans le cimetière par la haute grille ouverte, et s'engageait dans l'allée principale.

Victorin était en tête, portant à deux mains une grande croix de bois défraîchie, la même depuis vingt ans. Il arrêta la marche devant un trou béant à côté d'un muret branlant qui délimitait le cimetière. Antoine Lorber, le curé, vêtu de sa chasuble noire, un cierge allumé dans une main, contourna la fosse, suivi du garde champêtre et de Fortuné le chantre, pour se placer devant le trou noir, face à Victorin.

Toute la bonne société d'Obernai était là, debout, serrée autour de la fosse. À l'instant même où Aloïse Lux et sa femme, en queue de cortège, se mirent derrière monsieur le curé, la cloche de l'église se tut. Le silence tomba. Des chuchotements, un toussotement, un soupir fusaient par moments.

Durant tout le discours de monsieur le curé, Bougras, ivre et méconnaissable avec sa barbe, tenait à peine sur ses jambes, menaçant à tout instant de perdre l'équilibre. En fin de prêche, il ôta son chapeau, se gratta le dessus du crâne et lâcha :

— Brave homme qu'il était cet Antoine Klein.

— Brave homme, brave homme, c'est vite dit ! répliqua Odile Bernstein qui se tenait non loin de Bougras. Un Brutus, oui ? On raconte que lorsqu'il était en colère, il faisait trembler les vitres.

— Il a assassiné sa propre fille, la Rapine… la fille de Marie-Louise Kling de Saint-Nabor… s'éleva une petite voix aiguë venant d'on ne sait où mais à qui le sujet semblait tenir à cœur.

— Vipères ! Toutes des vipères ! se fâcha tout à coup Bougras. Ce n'est pas Antoine qui cette nuit-là a mis le feu à la cabane. Il l'a prouvé jadis.

— Et qu'est-ce que tu en sais, toi ?

— Silence ! Je vous rappelle que vous êtes dans un lieu saint, intervint monsieur le curé.

— Et le viol de Linette, des ragots de vipères aussi ? ne put s'empêcher d'ajouter madame Heim qui venait de prendre part au débat.

L'enterrement prenait tout à coup une tournure de règlement de comptes. On se mit à causer à mi-voix, se jetant à la figure les méfaits d'Antoine Klein.

— Chut ! Silence, lâcha une rude voix dans la foule.

Folle-Guenilles et la Marotte se regardaient. Jamais elles n'avaient entendu pareils propos lors d'un enterrement. Lucie restait perplexe. Antoine aurait violé Linette Margraff ? Mais alors, Rose serait sa fille ! Elle se tourna vers Blaise qui baissa la tête, comme s'il avait voulu éviter son regard. *Il sait,* songea-t-elle.

Monsieur le curé secouait l'encensoir au-dessus du cercueil. *Requiescat in pace,* chanta-t-il.

— Amen, répondit la foule en chœur.

# 25

# De retour au Bois des Châtaigniers

*Août 1895*

Tandis qu'on enterrait Antoine Klein au cimetière d'Obernai, Marie arrivait de Sélestat avec le fiacre de seize heures. Le matin même, elle avait pris la décision de quitter la pension de Jeanne Rebmann dès que la cloche aurait sonné la fin des cours, malgré sa gentillesse et l'amitié des autres pensionnaires.

— Mais j'ai prévu une petite fête ce soir, Marie, s'exclama madame Rebmann d'un air déçu en trouvant Marie dans son bureau, son baluchon sur le dos, prête à partir.

Rien n'y fit cependant. Marie avait tant attendu ce départ que personne ne l'empêcherait de partir. Aussi n'attendrait-elle pas le lendemain comme convenu pour prendre le train, mais elle le prendrait tout de suite. Après de rapides adieux, elle s'élança dans les rues de Sélestat en direction de la gare.

Depuis quelques jours, des jours interminables qui lui semblaient plus longs que les sept années entières passées ici, elle n'avait plus qu'une idée en tête ; rentrer au plus vite au bois des Châtaigniers.

Comme ce n'était pas prévu, personne ne l'attendait sur le parvis de la gare d'Obernai. Elle inspira une grande bouffée d'air, et se mit en route. Elle sourit en imaginant les têtes que feraient Lucie, Folle-Guenilles et les autres en la voyant arriver. *Pour une surprise ce sera une surprise* ! songea-t-elle. Elle rentrait chez elle, pour ne plus en repartir. Le bois des Châtaigniers était son chez-elle, et pour elle, évoquait la liberté. Elle avait une passion pour cet endroit. Il n'y avait que là qu'elle se sentait en sécurité, aimée, et entourée. Et même si elle y était seule, tout plutôt que d'en être éloignée. Et tout en marchant, elle riait, elle riait comme elle ne l'avait pas fait depuis bien longtemps. Elle était de retour chez elle, là où son cœur avait grandi. Là où les siens l'attendaient. Elle ôta son petit bonnet blanc et ses longs cheveux blonds glissèrent dans son dos. *Ce doit ressembler à ça, voler !* se dit-elle en levant les yeux vers le ciel pour suivre le vol incertain et fougueux d'un couple d'hirondelles. Elle avançait toujours plus vite, pas encore assez vite à son goût.

Déjà, la place du Marché. La Halle aux blés. Elle s'arrêta, souffla un instant, sinon elle allait exploser de bonheur.

— Te revoilà ! fit une voix dans son dos.

Surprise, Marie se retourna. Une femme appuyée sur un gourdin, vêtue de haillons et le dos rond, la regardait comme si elle la connaissait.

— On se connaît ? demanda Marie.

— Ça par exemple ! Ça te va bien de faire celle qui ne me reconnaît pas. Remarque je te comprends.

Marie restait saisie et fit non de la tête.

— Si… si tu étais grosse !

Marie restait muette.

— Tu étais pressée.

— Ce n'était pas moi… Comment vous appelez-vous ?

— Vous… Elle me dit vous ! On m'appelle la Pied-Bouillie, tu le sais bien.

— Pied-Bouillie, quel drôle de nom.

Marie posa son sac à terre, l'ouvrit, fouilla soigneusement l'intérieur et en sortit un beau châle rouge, brodé de fil d'or.

— Ça par exemple ! Elle portait le même châle, sur ses épaules. Par tous les saints du ciel… Mais qui es-tu ? bredouillait la Pied-Bouillie tandis que Marie dépliait l'écharpe et entourait les frêles épaules de la vieille femme qui se laissait faire.

L'indigente caressa le tissu de ses mains rugueuses et noircies par la vie au grand air, bafouillant d'une voix presque inaudible que personne ne lui avait jamais fait un si joli cadeau.

— Comment t'appelles-tu ?

— Marie-Salomé Trimborn.

— D'où tu viens ?

— Du bois des Châtaigniers.

— Tu es de là-haut ?

Attendrie, Marie l'observait et demanda :

— Et toi ?

— Je ne m'en souviens pas, ricana la vieille femme en haussant les épaules. Pour l'heure, je vais sur le parvis de l'église, faire la manche. C'est une grande messe aujourd'hui. On enterre Antoine Klein. Le vieux bougre me doit bien ça ! C'est par sa faute que je suis dans la misère. Adieu jeune fille. On se reverra peut-être.

Les cloches se mirent à sonner. Marie ramassa son sac, et reprit sa route. En passant devant l'église Saints-Pierre-et-Paul, elle se mit à courir, abordant maintenant la montée vers les hauteurs de la ville. Quand elle aperçut les premiers pieds de vignes du Schenkenberg et le sentier du sous-bois, elle sut qu'elle était chez elle. Sept années venaient de s'écouler.

Elle inspira une bonne bouffée de l'odeur un peu aigre propre à la campagne et ralentit le pas afin de s'abrutir des images de son enfance. La maison était là, devant elle ! Rien n'avait changé ! Ni la claire-voie, ni le sentier, ni les colombages et colonnettes sculptées, ni le banc de bois que Blaise avait fabriqué de ses mains, le long de la façade, à côté de l'entrée. Et là-bas, à l'ombre du saule pleureur, se trouvaient encore le poulailler et l'enceinte des pintades. Tout était resté pareil, comme si le temps s'était arrêté depuis son départ.

Elle poussa la barrière et s'engagea sur le sentier. Face à la porte d'entrée, elle souleva la grosse pierre de grès rose. La clé de l'entrée était là ! Elle se baissa pour la ramasser. Elle était un peu rouillée, certes, mais c'était bien la même.

Délicatement, elle l'introduisit dans la serrure. Son cœur palpitait. Elle la tourna et poussa la porte qui s'ouvrit dans un grincement familier. Aussitôt, une mêlée d'odeurs lui claqua en pleine figure. Elle ferma les yeux, et inspira longuement les arômes pour s'imprégner de son chez-soi tant aimé. Elle se défit de son baluchon, le posa à terre. Puis elle se mit à tout inspecter pour retrouver ses repères. Comment avait-elle pu rester aussi loin de tout ceci aussi longtemps ? Elle se dirigea vers l'alcôve cachée de moitié par un rideau de lin laissant entrevoir un lit, son lit. Elle s'y jeta comme une masse, et enfouit son visage dans l'oreiller. Elle avait toujours adoré son lit pour son confort dû à l'empilement des matelas et des épaisses couvertures brodées par Folle-Guenilles. Puis elle se retourna. En face du lit se trouvait une lucarne à travers laquelle, enfant, elle avait regardé tourbillonner les flocons de neige les longues journées d'hiver. Sous la lucarne, au pied du lit, c'était le coin du bon Dieu. Sur une petite sellette recouverte d'une nappe brodée était posée la Bible, et au mur, suspendu par un clou, un crucifix enrubanné d'un chapelet. Marie sourit. Comme il lui était doux de retrouver toutes ces choses.

Elle retourna dans la grande pièce et s'assit à la longue table, qu'elle caressa de ses mains fines, évitant les assiettes abandonnées dans la hâte. Ses yeux furetèrent partout. La grande horloge, le va-et-vient du balancier, le guéridon en noyer avec le même vase en terre cuite et la statuette de la Vierge Marie, les brassées d'herbes suspendues aux poutres, le balai en faction à côté de la porte d'entrée, le four à pain que maman Lucie allumait tous les matins. Il y avait encore la couronne de fleurs qu'elle avait portée le premier mai, quatre mois avant son départ pour Sélestat et que la Marotte s'était amusée à lui tresser un après-midi entier. Tout était resté comme dans ses souvenirs. Par la porte entrouverte, la clarté du soleil pénétrait dans la pièce sombre. Il régnait un doux silence, simplement diverti par le chant des oiseaux.

Son regard se porta à nouveau sur l'horloge, quand soudain quelque chose l'intrigua derrière le balancier. C'était comme un morceau de tissu rouge. La tête entre ses mains, le visage éclairé par un rai de lumière, elle tenta de deviner ce que ce bout de tissu pouvait bien être.

Elle finit par se lever comme poussée par une force incontrôlable. Elle ouvrit le battant de la pendule, se dressa sur la pointe des pieds et étendit son bras vers le fond. Mais au moment où elle toucha l'étoffe, elle entendit une symphonie de voix joyeuses qui approchait. Ils arrivent ! C'est eux ! La joie l'envahit si fort, qu'elle abandonna, referma le battant de l'horloge et se rua au-dehors.

À sa vue, Lucie poussa un cri de joie. Elle empoigna sa jupe de ses deux mains pour ne pas entraver ses pieds et se précipita vers Marie, talonnée par la Marotte et Victorin. On s'embrassa, on se serra, on pleura. Le bois des Châtaigniers se réveillait d'un long sommeil.

— Tu as encore grandi !

— Mais comment se fait-il que tu sois déjà là ? Tu ne devais arriver que demain !

Et Marie avoua son impatience.

— Je n'aurais pas tenu une journée de plus.

— Comme je suis contente, ajouta Lucie visiblement comblée. Nous étions à l'enterrement d'Antoine Klein, si j'avais su que tu venais je n'y serais pas allée !

— D'autant plus que de son vivant c'était un vaurien, répliqua Blaise.

— Chut, il ne faut pas parler ainsi. Ça porte malheur, tança la Marotte.

— Et si nous faisions un feu ! Il fait un temps magnifique. Nous mangerions dehors, proposa Folle-Guenille.

— Il me reste un lièvre et deux perdrix, se réjouit Blaise.

On improvisa un dîner.

Ce soir-là, tandis que Marie racontait ses années d'apprentissage chez Jeanne Rebmann, à l'auberge de la Cloche, on offrait le vin de l'amitié.

Marylise, les traits tirés, était assise dans un coin sombre et pleurait son père.

— Regarde-la ! De son vivant elle le souhaitait mort, chuchota Bourlingue à l'oreille de son voisin qui vidait sa chope de bière, aujourd'hui elle le pleure. Je ne comprendrai jamais rien aux femmes.

# 26

# Révélations

*Jeudi 17 septembre 1896, jour de marché*

Le soleil brillait, caché par moments par de gros nuages blancs qui couraient dans le ciel comme un troupeau de moutons. Au bois, Marie et Folle-Guenilles s'apprêtaient. Aujourd'hui, il en allait de l'avenir de Marie. Elle était attendue chez Marcelline Heitz, la propriétaire de l'échoppe de broderie et de dentelles dans la rue du Marché, pour une éventuelle collaboration.

Le commerce de madame Heitz avait bonne réputation. Des dames de notables et des bourgeoises venaient de toute l'Alsace pour y acheter les créations les plus raffinées en matière de broderie, de dentelle et de tissu. Il faut dire que la Marcelline avait bon goût. Elle achetait les confections chez les couturières des campagnes profondes, *une valeur sûre*, disait-elle.

Cela faisait un an que Marie était revenue au bois, et qu'elle mettait en pratique tout ce qu'elle avait appris chez madame Rebmann à Sélestat. Elle avait dans l'idée de se lancer dans la confection. Ce jour-là, après avoir joliment empaqueté quatre articles destinés à être mis dans la devanture de la boutique de Marcelline Heitz, Folle-Guenilles et

Marie, tout excitées, s'engagèrent sur le chemin menant à la ville, bras dessus, bras dessous. C'était la première vraie sortie de la jeune fille depuis son retour de Sélestat. Aussi s'était-elle levée à l'aube, tout excitée à l'idée de se rendre en ville. Elle avait passé des heures à se parer et à se coiffer. Folle-Guenilles, qui pour l'occasion s'était transformée en une statue colorée coiffée d'un chapeau si fleuri qu'on eût dit un jardin suspendu, la rassurait tout le long du chemin.

— Es-tu sûre que c'est bien aujourd'hui le rendez-vous ?

— Oui, Marie.

Il faisait chaud. Il flottait dans l'air des odeurs d'herbes séchées, de pâturages et de campagne. Tandis qu'elles dévalaient la côte, des moineaux bruyants voletaient de buisson en buisson, soulevant dans leur vol exalté la fine poussière du chemin.

À l'entrée de la ville, un frisson de vie les accueillit. La foule était bruyante et gaie, et cheminait entre les étals dans un tohu-bohu bon enfant. Devant la mairie, un embouteillage s'était formé. Des paysans des villages alentour avaient ramené leurs plus belles bêtes, cochons, vaches, poules et chevaux, pour les vendre.

Calèches et carrosses s'entrecroisaient s'accrochant parfois d'une roue ou d'un bagage. On entendait des rires, des invectives. Marie n'avait pas assez d'yeux pour embrasser le spectacle de cette cohue humaine qui animait la place.

À l'angle de la rue de la Paille, un vieil homme jouait de l'orgue de barbarie, égayant de sa mélodie enchantée le chahut de la foule.

Marie voulut s'approcher, mais Folle-Guenilles activa le pas.

— Viens ! dit-elle en prenant la jeune fille par le bras, faut pas traîner.

— Rose Margraff ! s'exclama tout à coup une voix dans le dos de Marie.

À l'évocation de ce nom, Marie se retourna et se trouva nez à nez avec deux paysannes. C'était Maribolle, une femme de forte corpulence, et sa belle-sœur Lisbeth, plus petite mais tout aussi ronde. Elles étaient réputées pour leurs médisances contre tout ce qui brillait, vivait et réussissait.

— Je m'appelle Marie-Salomé Trimborn, répliqua vivement la jeune fille.

Surprise et effrayée tout à la fois par le cercle de curieux qui grandissait autour d'elles, Marie chercha la main de Folle-Guenilles.

— Ma belle-sœur a raison, insista Lisbeth d'un ton acerbe en pointant la jeune fille du doigt. On dirait Rose Margraff, la fille de Linette.

— Laissez-nous tranquilles ! dit Folle-Guenilles en tirant Marie par la main et en essayant de se frayer un passage au milieu de la foule.

— C'est la fille de Rose !

Marie arracha sa main de celle de son aînée et se planta devant la femme de forte corpulence.

— Vous connaissez ma mère, madame ?

— J'pense bien que je la connais, on était voisines à l'atelier chez Mohler. Tu lui ressembles à s'y méprendre, débita-t-elle le ton saillant. Il y a quinze ans, elle a fui comme une voleuse.

— Comment dites-vous qu'elle s'appelait ?

— Rose Margraff. Elle habitait rue des Capucins. Monsieur le curé la connaissait bien. Elle travaillait pour lui, puis elle éclata de rire, un rire bruyant et méchant, mais peut-être bien qu'elle lui faisait autre chose ?

— Viens, Marie, insista Folle-Guenilles, on nous attend.

— C'était une voleuse ! hurla une voix dans la foule, qui aurait fini comme sa mère, chez Bougras. À La Couronne, à bichonner les Prussiens.

— Allez, Marie. Viens, s'énerva Folle-Guenilles. Des histoires ! N'écoute pas ! Ce sont des histoires, rien que des histoires.

Mais la jeune fille n'écoutait pas. Trouble et bonheur d'avoir entendu parler de sa mère se confondaient dans son esprit. Elle existait donc sa mère ! On la connaissait !

— As-tu entendu ?

Mais Folle-Guenilles lui demanda d'oublier tout ceci.

— Mais pourquoi ? demanda la jeune fille abasourdie.

Folle-Guenilles lui répondit qu'elle songeait avant tout à son bonheur, et ne supporterait pas de la voir souffrir à cause d'une poignée de commères à l'imagination fertile. Tandis qu'elles marchaient vers l'échoppe de Marcelline, les deux femmes restaient silencieuses, l'une étouffant sa joie et l'autre redoutant le pire.

Une odeur de tissu et de propreté embaumait la boutique de madame Heitz, véritable caverne à trésors. Flots de satin et de taffetas, draps de soie, organdis et mousselines, dentelles et broderie faisaient briller les yeux de Marie. Folle-Guenilles activa la clochette sur le comptoir et aussitôt la propriétaire sortit de derrière un lourd rideau suspendu au fond du magasin. Elle se pressa au-devant d'elles. C'était une petite dame aux joues rouges et aux gestes vifs. Elle prit les mains de Folle-Guenilles dans les siennes et lui dit combien elle était heureuse de la revoir. Elles évoquèrent quelques bons souvenirs, des histoires de leur jeunesse, puis la guerre, et les méthodes allemandes en matière de commerce.

— Et que si ça doit continuer, moi et mon Joseph on partira chez ma sœur, en Bretagne, acheva d'ajouter madame Heitz rouge de contrariété.

Puis sans quitter des yeux la jeune fille, comme si elle eut voulu éviter que Marie les entende, elle entraîna Folle-Guenilles un peu plus loin, où deux ballots de tissu étaient empilés. Et elle se mit à chuchoter quelque chose à son amie. Marie se doutait qu'on parlait d'elle.

— Mais va-t-on bientôt me dire ce qui se passe, jeta-t-elle à l'attention des deux femmes qui esquissèrent un petit sourire pour masquer leur embarras.

— En vérité je suis émue à cause de ta ressemblance avec une certaine Linette Margraff, reprit madame Heitz, et lorsque je dis ressemblance j'en suis loin, je devrais employer le mot jumelles s'il n'y avait pas votre différence d'âge... Aux bruits qui courent depuis ton retour, il semblerait bien que tu sois la petite-fille de Linette, donc la fille de Rose. Pauvre Linette ! Elle n'était pas mauvaise femme, mais née sous une mauvaise étoile. Si sa cervelle avait été aussi grande que sa beauté, elle aurait conquis le monde...

Voyant le trouble de Marie, elle enchaîna d'un ton plus gai.

— Mais nous ne sommes pas là pour nous attendrir sur le passé. Je crois savoir que tu es venue me voir, jeune fille, pour me montrer des merveilles. Alors montre-moi donc ce que tu as dans ton paquet.

Dans l'émotion, Marie avait presque oublié le but de sa visite. Elle déplia lentement les trois ouvrages sous le regard impatient de Marcelline : les deux belles nappes toutes brodées et cerclées d'un volant fait au point d'Alençon, et les deux robes de bal, l'une en cachemire blanc orné de fleurs, l'autre en soie d'un bleu profond. Tandis que Marie étalait et arrangeait les pièces sur le comptoir, madame Heitz restait clouée d'admiration.

— Mais bien sûr que je vais te vendre tes pièces. C'est élégant... Ça plaira ! dit madame Heitz les yeux exorbités.

Je n'avais encore jamais rien vu d'aussi beau ! ajouta-t-elle en tendant sa petite main grassouillette et blanche, pour effleurer la soie délicate et lumineuse.

— Je sens que nous allons faire des affaires ensemble, jeune fille. Pour chaque vente je prendrai ma commission, cinquante pour cent, ça te va ?

Marie jeta un coup d'œil à Folle-Guenilles qui lui fit un signe de la tête en guise d'acquiescement.

— C'est entendu.

— Alors tape là ! enchaîna Marcelline en tendant sa main vers Marie. Et n'hésite pas à me ramener d'autres pièces ; je te les vendrai toutes.

À peine dans la rue, Marie, débordante de bonheur, se mit à sautiller de joie.

— Allons voir maman Lucie pour lui rapporter toutes ces bonnes nouvelles.

Folle-Guenilles fit la moue. Tout ceci ne lui plaisait guère.

27

# En difficulté

Ce même jour, la foule continuait d'affluer ! Les cafés et les auberges étaient bondés. Chez Schann, il n'en était pas autrement. Dans la fumée des pipes et des cigares, autour des tables de marbre, se retrouvait l'Alsace immuable, celle qui ne pliait pas. On évoquait les élections au Reichstag. Il n'y avait plus qu'un seul député protestataire, deux socialistes, sept cléricaux proches du *Zentrum*[1].

Gérard, debout au comptoir à côté de Bourlingue, sirotait sa bière.

— Qu'est-ce que je t'avais dit en 1870, quand la Prusse a envahi l'Alsace ? dit ce dernier à Gérard entre deux gorgées. Nous ne sommes pas près de redevenir français. Vingt-cinq ans sont passés, et nous sommes toujours allemands.

— Ça ne m'étonne pas. Nous sommes des conservateurs, pas des révolutionnaires.

— Il y a quand même eu l'émeute antiprussienne de décembre 1870 ; et le mouvement anti-allemand de Freppel… insista Bourlingue.

— Et à quoi cela a-t-il servi ? À rien !

— Encore deux bières, Alice ! cria Bourlingue.

1. Zentrum : parti du centre catholique.

Et Alice de répondre du tac au tac.

— Un autre ton avec moi, sinon tu vas t'abreuver ailleurs.

— Tout doux, ma belle, ce n'est pas parce que ton mari est le frère de monsieur le maire que tu dois prendre des grands airs.

— Bourlingue, quand tu as bu, tu es idiot, répliqua Alice.

— Ça c'est de la femelle, pas froid aux yeux, la réplique quand il faut, pas comme ces culs-terreux qui chient dans leur pantalon dès qu'ils entendent les casques bleus… Bientôt vous ne me verrez plus. J'en ai assez d'ici, de Mohler, et de tout ce fatras de faux-culs. Je veux voir autre chose, gagner plus. Un ami à moi m'a dit que l'AEG embauchait, et payait bien. Je vais tenter ma chance.

— Connais pas.

— Tu n'as pas entendu parler de la AEG ?

Gérard secoua la tête.

— La *Berliner Allgemeine Elektrizitäts Gesellschaft.* Le journal d'Alsace-Lorraine leur a consacré un article. Sais-tu que cette société a construit une centrale thermique de 4 600 kW ? Cela fait de Strasbourg la première ville au monde à utiliser le courant triphasé à grande échelle. Tu pourrais faire comme moi ?

— Et Lise ?

— Tu l'emmènes.

La porte de l'auberge était grande ouverte, laissant pénétrer la clarté du jour.

— Ah ! Ah ! s'esclaffait le vieux Georges à chaque fois qu'un Prussien passait, regardez-les ces têtes rasées, ces corps raides sanglés dans des redingotes au col rigide qui les empêche de tourner la tête… Regardez-les, on dirait des échassiers, riait-il en lissant du bout des doigts l'extrémité de sa grosse moustache.

On sourit, mais Alice Schann imposa le silence.

— Tu ne crois pas que tu as assez bu, Georges ? On ne veut pas d'histoires, nous, alors tu arrêtes.

Alice Schann s'activait derrière le comptoir, préparant les boissons à son mari qui les distribuait aussitôt. Il y avait aussi ce jeune homme, Jacques Kirn, athlétique et souriant, un fort beau jeune homme que Robert Schann hébergeait depuis près d'un an. Jacques était en réalité le fils de Fernand Kirn, un cousin de Robert. Fernand avait été tué un an plus tôt, sur la route de Saales à Grandfosse. Poursuivi par les douaniers allemands auxquels il tentait d'échapper, son chariot poussé à trop grande vitesse se renversa dans un virage, l'éjectant la tête la première. Son crâne heurta un de ces poteaux en fonte surmonté d'un aigle impérial, utilisé pour marquer les limites de la frontière entre la France et le Reichsland et scellé dans un socle cimenté. Ferdinand mourut dans les minutes qui suivirent la chute.

Par la suite, il s'avéra qu'il avait fait partie d'un important réseau de contrebande pour payer des études de médecine à son fils Jacques. Après la mort de son père, et faute de moyens, le jeune homme fut contraint de quitter la *Kaiser Wilhelm Universität* de Strasbourg et la petite chambre qu'il louait dans le quartier universitaire pour trouver refuge à Obernai, chez Robert Schann. C'est Ferdinand lui-même qui avait donné l'adresse de Robert à son fils, après avoir intégré le groupe de contrebandiers. *C'est là que tu iras si un jour s'il devait m'arriver malheur.* Robert rechigna tout d'abord craignant d'héberger chez lui le fils d'un ennemi du *Reich* susceptible d'être dans le collimateur des autorités. Il le garda néanmoins à l'auberge. *Tu seras nourri et blanchi, en échange tu travailleras pour moi. Et pas d'histoires de contrebande ou autre comme ton père, sinon c'est la porte.*

— Jacques est un bon gars, faut le dire, dit subitement Bourlingue en suivant Jacques du regard… et se tournant vers Robert, c'est pas comme ton fils Pierre…

— On ne te demande pas ton avis.

Des rires s'élevèrent.

— Tais-toi donc ivrogne, se fâcha tout à coup Alice, qu'est-ce que ça peut bien te faire ce que fait Pierre ?

Pierre, le fils de Robert et d'Alice qui fréquentait un groupe de malfrats, désertait de plus en plus la maison. Robert n'en était pas fier, et esquivait le sujet de son fils dès que quiconque l'abordait.

Et voilà que Maribolle et sa belle-sœur Lisbeth, chacune un panier bondé de toutes sortes de provisions au bras, entrèrent à l'auberge.

— Quelle chaleur ! lâcha la première.

Essoufflées, le visage rouge d'effort et d'émotion, elles s'assirent à la première table à côté de l'entrée. Tandis que Maribolle posait son panier à terre, Lisbeth prit le coin de sa robe et s'essuya le front.

— Deux limonades, Robert, dit la première.

— Vous ne devinerez jamais ce que nous avons vu !

— Non. Mais tu vas nous le dire.

— La fille de Rose, annonça Maribolle avec une voix comme sortie d'outre-tombe. On aurait dit Rose elle-même, n'est-ce pas Lisbeth ?

Celle-ci approuva d'un signe de tête rapide.

Robert se figea. Alice lâcha le verre de bière qu'elle tenait entre ses doigts et qui finit au sol brisé en mille morceaux.

— Holà, c'est pas bon signe ça, intervint aussitôt Bourlingue.

Un silence s'ensuivit. Personne n'ignorait l'histoire de Robert et de Rose.

Marylise, consciente de la gêne que provoquait à son fils et à sa belle-fille cette nouvelle, demanda si toute cette histoire était bien vraie et assura, que tout bien considéré, cette Rose n'avait été qu'une pauvre ouvrière à la jambe légère obligée de fuir pour traîtrise.

Jacques intéressé tout à coup, moins par la femme évoquée que par l'intérêt que provoquait son nom, demanda qui était Rose Margraff.

— Une femme de petite vertu, et sans importance, répondit Robert d'un ton évasif.

Après avoir avalé un verre de bière chacune, Maribolle et Lisbeth racontèrent en détail leur rencontre avec Marie.

— Nom de Dieu ! Mais qu'avez-vous contre ces femmes ? hurla brutalement la voix rauque d'un homme au fond de la salle frappant méchamment sa canne sur la table, ce qui fit un bruit terrifiant.

C'était Blaise.

— Laissez Marie tranquille, continua-t-il. Vous entendez ! Vous avez tué sa grand-mère en l'abandonnant à la misère et à Bougras, vous avez fait fuir sa mère en lui tournant le dos quand elle avait besoin de vous. Pour la p'tite, gare à celui qui la touchera, parole de Trimborn, je le tuerai sans hésiter.

Blaise leva sa canne vers le ciel comme s'il en appelait à tous les saints du ciel.

— Dehors, intervint Alice.

— N'ayez crainte, je ne resterai pas une minute de plus dans cet endroit de malheur…

Il fouilla au fond de sa poche, en sortit deux pièces et les jeta sur la table à côté de son verre.

— Sors d'ici immédiatement, se mit à hurler Robert. On ne veut pas de la vermine du bois ici.

— Inutile de monter au bois pour trouver la vermine, il y en a à profusion ici. On dit que ton fils et sa bande de brutes sont de toutes les rixes de la région. La semaine dernière, ils ont frappé et grièvement blessé le garde champêtre et le garde forestier pour les avoir surveillés d'un peu trop près. Ton fils est un vaurien, Robert, et la vermine n'est pas là où l'on croit. Je souhaite qu'un jour il se fasse prendre, et qu'il finisse au fond d'un cachot.

— DEHORS !

Blaise Trimborn se coiffa tranquillement de son chapeau et, sans même saluer, il se dirigea vers la sortie sous le regard abasourdi de l'assistance.

— Personne ne veut de mal à Marie ! s'écria Maribolle derrière lui.

Mais Blaise n'entendait déjà plus. Il venait de sortir dans la rue. Le soleil l'éblouit. Il cligna des yeux et, sa canne à la main, s'engagea tranquillement en direction de la côte le menant au bois des Châtaigniers.

Personne, en cet instant précis, ne soupçonnait la haine qu'éprouvait Robert Schann pour Blaise Trimborn. *Ce pouilleux ! Qu'il crève avec toute sa faune des bois !* cria-t-il en direction de la porte ouverte. *Oui, qu'ils crèvent tous !*

# 28

## Les origines de Lucie Trimborn

Ce même jour de marché, Marie s'en retourna seule au bois des Châtaigniers. Elle ne tenait pas à accompagner Folle-Guenilles, attendue chez madame Mohler pour y récupérer un baluchon de vêtements que la femme de l'industriel donnait tous les mois pour *les pauvres du bois*, comme elle disait. Marie avait hâte de retrouver Lucie qui préparait un vrai festin pour le souper.

Marie était heureuse, pleine d'espoir pour son avenir. Elle allait désormais se consacrer à la couture. Lucie lui avait dit : *Si tu ne dépenses jamais plus que tu ne reçois, tu t'en sortiras.*

Tandis qu'elle attaquait la montée la menant sur les hauteurs, une idée lui traversa l'esprit. Et si elle passait voir monsieur le curé, une visite rapide, sans cérémonie, juste pour voir. Elle voulait savoir des choses, qu'il lui parle de Rose, sa mère. Peut-être savait-il où elle était partie, jadis ? L'idée l'enchanta. Elle rebroussa chemin pour faire un crochet par le presbytère. Au moment où elle allait toquer à la porte, celle-ci s'ouvrit sur un homme bedonnant, en soutane. Antoine Lorber, surpris, dévisagea cette enfant déjà femme, tout à la fois ému et attendri par le choc de cette apparition inattendue.

— Bonjour monsieur le curé, s'adressa-t-elle tout sourires à l'attention d'Antoine Lorber… À voir votre tête, on dirait que vous avez vu un fantôme. J'en déduis que je lui ressemble. Dites-moi oui, et je serai définitivement convaincue que j'ai une mère.

Il acquiesça d'un signe de la tête. La fille de Rose ! Cela ne faisait aucun doute. La ressemblance des traits du visage était incontestable. Et la voix aussi ! Et les manières, le nez, la petite bouche…

— Je cherche ma mère… monsieur le curé.

— Viens. Entre donc. Ne reste pas sur le palier.

Quinze années venaient de s'écouler et il semblait à l'homme d'Église que c'était hier que Rose était venue ici même le supplier de la prendre à son service. Comme beaucoup d'Obernois, il avait assisté à la querelle entre Rose et Alice Schann, ce dimanche de Pâques-là, sur la place du Marché. Il avait appris sa fuite à la suite des accusations dirigées contre elle. Aujourd'hui, l'apparition inattendue de cette jeune fille qui ressemblait trait pour trait à son élève le ramenait à ce bon vieux temps où, avec une détermination sans nom, la petite avait remué ciel et terre pour arriver à ses fins.

Monsieur le curé fit asseoir Marie à la même table où, jadis, Rose avait débuté l'apprentissage de l'écriture. Marie jeta un rapide coup d'œil autour de la pièce, et frissonna. Elle trouva le lieu sinistre. Aussi sinistre que la vieille qui farfouillait dans la cuisine et qu'elle apercevait par moments, depuis sa place, par la porte entrouverte.

— C'est Julie, ma bonne, crut-il devoir préciser.

Le curé Lorber répondait aux questions pressantes de la jeune fille. Il racontait la vie et les habitudes de Rose, sa famille, et ses amis.

— Et grand-mère ? insista Marie. Parlez-moi de ma grand-mère, Linette ?

Le rouge monta aux joues du bon curé à l'évocation de cette femme. Que dire ? Il n'allait tout de même pas lui lancer à la figure que sa grand-mère, pour qui elle semblait avoir une grande estime, était une femme de petite vertu ! Il enchaîna donc, d'un ton plus rude et sans équivoque :

— Je sais qu'elle travaillait pour Bougras, à l'auberge de la Couronne.

Il décela aussitôt chez Marie le besoin d'en savoir davantage. Elle mentionna l'idée de passer à l'auberge. Mais monsieur le curé lui déconseilla de se rendre dans cet endroit peu convenable qui n'était pas fait pour les jeunes filles. Marie l'observa un instant.

— Mais grand-mère était une personne convenable, n'est-ce pas monsieur le curé ?

— Oui mon enfant !

— Alors comment se fait-il qu'elle travaillait à La Couronne ?

Le curé Lorber, ne sachant que répondre à cela, dit d'un ton agacé :

— Il est temps de rentrer chez toi, jeune fille. On m'attend. Je dois me rendre au chevet d'un malade.

Le crépuscule s'annonçait. Marie, les joues rosies par la fraîcheur du soir, était tellement absorbée par les révélations de monsieur le curé qu'elle ne remarqua pas qu'un homme la suivait. Elle déboucha dans la rue de la Montagne. Pas une âme qui vive sur le chemin. Tout à coup, derrière elle, s'éleva une voix d'homme.

— Linette ? Linette ? Attends-moi !

Tout à la fois surprise et inquiète, Marie ralentit le pas, et se retourna aussitôt. Une silhouette sortit de l'ombre. Les conseils de maman Lucie lui revinrent à l'esprit. *Ne parle pas aux étrangers, certains ont le sang du diable qui coule dans leurs veines. Fuis, lorsque tu en croises un, fuis !*

— Ne me crains pas, Linette, dit encore l'homme qui semblait essoufflé, je ne te veux aucun mal, c'est moi, Bougras.

Marie marchait maintenant à reculons, essayant de garder à bonne distance celui qui venait de l'interpeller. Il avait l'air peu convenable, et tenait une bouteille à la main. Mais elle s'émut devant ce vieil homme qui ne semblait plus avoir toute sa tête et dont les nippes rapiécées de toute part trahissaient un mal-être certain.

— Puis-je vous aider, monsieur ?

— Monsieur ! Tu fais des manières maintenant ? Je vais t'en donner moi du monsieur, garce !

— Je ne suis pas Linette, monsieur.

L'homme écarquilla les yeux. La colère le prit, explosive et bruyante. Il jeta sa bouteille en direction de Marie, en hurlant qu'il était bien Bougras, et qu'il allait lui mettre la rouste de l'année. Mais au moment même où Bougras avançait vers Marie, celle-ci prit ses jambes à son cou et détala.

— Je t'aurai ! criait-il en la talonnant.

Il la suivit, souffla, accéléra le pas, faillit perdre l'équilibre plusieurs fois mais ne s'arrêta pas. Effrayée, Marie se mit à courir de plus en plus vite. Au bout de la rue de la Montagne elle se retourna, et quand elle vit que la silhouette imposante et déterminée de Bougras la suivait toujours, elle s'enfonça dans les vignes du Schenkenberg. Elle parcourut quelques mètres puis s'agenouilla derrière un bouquet de feuilles particulièrement dense, et ne bougea plus. Elle respirait à peine et attendit. Longtemps. D'ailleurs ses jambes s'ankylosaient. Il fallait pourtant tenir. Elle entendait toujours les pas lourds de Bougras fracasser le sol entre les rangées de vignes. Il la cherchait. Puis ce fut le silence ! Ouf. Elle allait enfin pouvoir rentrer. Une fois debout, elle secoua ses jambes endormies. Elle jeta un dernier coup d'œil à travers les feuilles de vignes pour voir si la voie était libre, et détala plus rapide qu'un lièvre, en direction du bois. Elle courait aussi vite que ses jambes le lui permettaient, sans jamais se retourner. Et, quand enfin elle aperçut derrière les épaisses feuillées la fumée blanche qui sortait de la cheminée de la maison de Lucie, elle poussa un cri de soulagement.

— On dirait que tu as vu le diable ! s'exclama la Marotte en la voyant débouler dans la salle à manger, les joues rouges et les cheveux en bataille. Nous étions inquiets.

Marie comprit tout de suite qu'il se passait quelque chose d'inhabituel en découvrant Blaise, la Marotte et Victorin, attablés face à une Lucie en larmes, serrant une lettre sur son cœur. Marie allait raconter sa mésaventure, mais elle se ravisa. Au vu des mines contrariées, il n'était pas la peine d'en rajouter. Elle chercha le regard de Blaise. Elle le connaissait bien, et dans ses yeux, elle savait lire. Mais il se détourna.

— Dis-lui, Blaise. Elle a le droit de savoir, murmura enfin Lucie.

— Maman Lucie est la fille d'Antoine Klein et de la Rapine, enchaîna-t-il d'un ton solennel.

Marie, les yeux grands ouverts, dévisagea tour à tour Blaise et maman Lucie. Blaise reprit aussitôt la parole et révéla à la jeune fille que soixante ans plus tôt, Marie-Louise Kling, la fille du vigneron Kling de Saint-Nabor, avait été la maîtresse d'Antoine Klein. Mais quand ce dernier apprit qu'elle était enceinte, il la renia. Elle n'était pas sa seule conquête. Personne n'avait jamais soupçonné Marie-Louise, cette jeune fille maigre et timide, d'avoir un amant. Non. Personne. Quel étonnement et quelle consternation pour la famille Klein quand le tour de taille de la très chrétienne Marie-Louise s'enroba à mesure que les mois passaient ! Mais par la faute de qui ? Pour connaître le nom du vaurien qui avait déshonoré sa fille, le père Kling avait tant battu celle par qui le déshonneur avait frappé la famille, qu'elle finit par avouer. Antoine Klein ! Pendant toute la durée de la grossesse, Kling enferma Marie-Louise à la cave, à l'abri des regards, dans un espace obtus et aménagé du strict nécessaire. À dater de ce jour, il exigea qu'on l'appelât la Gourdasse. Il alla aussi trouver Antoine pour lui demander réparation, exigeant de lui trois terrains sur les hauteurs de Saint-Nabor, terrains de plus de dix hectares chacun et sur lesquels il avait dans l'idée de planter des vignes. Il exigea aussi une rente trimestrielle pour les besoins de Marie-Louise et de son futur rejeton. *Rejeton qui ne serait pas si Antoine Klein avait travaillé le champ au lieu de trousser le jupon*, geignait madame Kling à chaque fois qu'elle songeait à l'avenir. Klein, qui pourtant n'était pas homme à se laisser mener par le bout du nez, se retrouva piégé. Aussi, pour minimiser l'affaire qui prenait trop d'importance et éviter que les relations entre les deux familles ne s'enveniment davantage encore, il accepta les conditions du vieux Kling, non sans la haine dans l'âme.

Un an après cette vague de folie, la femme d'Antoine mourut. Dans le village la rumeur courait qu'elle était morte de chagrin et de honte. Cette accusation renforça encore la haine des Klein pour les Kling, mais surtout pour la Gourdasse et pour sa bâtarde, cause de toute cette malédiction.

Le silence avait pris possession de la grande pièce, un peu comme si l'ombre de Marie-Louise hantait les lieux.

— L'enfant, une fille qui naquit de la liaison entre Marie-Louise Kling et Antoine Klein, ne fut jamais baptisée. Charles Kling, son grand-père, la surnomma la Rapine, enchaîna Blaise en s'adressant à Lucie d'un ton presque désolé. Quand elle fut en âge de marcher, on la traita en servante. Mais elle était agile, rapide et rusée. Charles Kling se mettait dans une rage folle quand il l'apercevait, elle lui rappelait l'honneur perdu de la famille. Quand la Rapine entendait son grand-père hurler son nom, elle prenait les jambes à son cou pour aller se réfugier dans la cave. Pauvre gamine ! Elle n'avait pas même le soutien de Marie-Louise, sa mère, elle-même traitée en esclave, battue et malmenée, briquant jour et nuit malgré les terres obtenues et la rente versée par Klein tous les trimestres... Je crois que Marie-Louise est toujours en vie. L'autre jour, au marché, j'ai cru entendre un homme qui parlait d'elle. Il disait l'avoir entre-aperçue dans la cour de la ferme Kling, à Saint-Nabor. Elle doit avoir soixante-quatre ans environ.

Les joues de Lucie étaient mouillées de larmes. Son cœur saignait, déchiré par la triste histoire de la vie de Marie-Louise Kling, sa grand-mère, et celle non moins envieuse de sa mère.

— Et qu'est-il advenu de ma mère ? demanda Lucie.

— Elle n'est plus de ce monde depuis longtemps. Dieu ait son âme ! dit Blaise en faisant le signe de la croix.

— Pourquoi ne m'as-tu jamais parlé d'elle ?

— Pour te protéger, Lucie... Peut-être ai-je eu tort. Aujourd'hui il est temps que tu saches.

Marie s'était approchée de maman Lucie et prit ses mains dans les siennes avec une grande douceur.

— Un jour de juin, commença Blaise, celle qui allait devenir ta mère, et qu'on appelait la Rapine, s'est enfuie de la ferme des Kling sur un coup de tête. Elle avait à peine six ans. C'est la version de Charles Kling, mais la version des deux bonnes était différente. Kling aurait tant rossé la petite, la veille de sa fuite, que Marie-Louise avait obligé sa fille à fuir pour tenter de refaire sa vie ailleurs, où ce ne pouvait être pire. Évidemment, sa mère, terrifiée à l'idée que sa fille unique aille seule se jeter dans le monde, lui avait fait promettre de revenir si quelque danger la menaçait. Mais elle ne revint jamais ! Après des semaines d'errance, à vivre comme un animal, la fillette tomba sur une bande de romanichels de passage. Ils l'emmenèrent avec eux. Pendant dix ans, elle vécut à leurs côtés, apprenant à voler, à ruser, à braconner et à dépouiller les *gadges*. C'est aussi pendant cette période-là que la Rapine avait fait la connaissance de Jean, dit le Loup des bois. Il avait quatre ans de plus qu'elle. Il était alors son meilleur ami. À eux deux, ils avaient créé une bande, et… j'en étais ! Oui, moi, Blaise Trimborn, j'en étais. Je nous revois chevaucher par monts et par vaux, un jour ici, et puis un autre là-bas, dévalisant domaines et châteaux, dépouillant nobles et riches bourgeois. Nous volions, nous pillions… pour la bonne cause… le butin que nous récoltions était redistribué aux pauvres. Les nuits nous dormions dans les granges à foin de quelques fermes abandonnées. Ces années-là avaient été les plus belles pour moi : pour nous tous d'ailleurs. Jean et la Rapine ne se quittaient plus. Il faut dire qu'elle était devenue une bien belle fille. Mais pourquoi nous restions tous ? Parce que nous les aimions, ces deux-là ! Ils étaient tout à la fois notre force et notre vie ! Ils étaient tombés amoureux l'un de l'autre et leur amour ne faisait que sceller et renforcer notre cause à tous. Nous étions devenus forts, grands et puissants, tour à tour adulés ou détestés.

Blaise soupira avec un petit hochement de tête, et continuait son récit :

— Un jour, alors que la Rapine venait d'apprendre qu'elle était enceinte de Jean, elle a décidé d'aller piller le domaine de son grand-père, le vieux Kling. L'argent récupéré devait servir à payer une bonne nourrice pour son futur bébé, et plus tard des études dans les meilleures écoles. Mais la raison première était qu'elle voulait revoir Marie-Louise, sa mère, dont elle n'avait pas de nouvelles depuis son départ.

Cette nuit-là, nous étions sous les ordres de Jean. Alors que nous vidions cave et grenier, fouillions matelas et fonds de chaussettes, la Rapine était allée trouver sa mère, dans le réduit étroit et aménagé qui lui avait été octroyé depuis qu'elle avait fauté. Les deux femmes s'étaient longuement embrassées. La Rapine avait rassuré sa mère : elle était heureuse, elle avait rencontré Jean. Elle l'aimait. Elle attendait un enfant de lui. Elle reviendrait la chercher bientôt, dès qu'elle aurait trouvé un endroit paisible, et loin de toute violence. Les deux femmes ne savaient pas ce soir-là que c'était la dernière fois qu'elles se voyaient. Le vieux Kling, qui avait mûrement préparé sa vengeance pour éliminer la Rapine tant l'affront d'avoir osé cambrioler son domaine l'avait rendu fou de rage, avait rallié à lui une bonne dizaine de paysans bien déterminés à faire cesser les agissements de cette bande de brigands qui sévissait dans la région.

Blaise reprit son souffle, animé comme s'il revivait son passé. Il se gratta le côté de la tête et continua.

— C'était une nuit de lune rousse. Nous devions tous nous retrouver dans la cabane abandonnée le long du muret au pied de la Vigne bleue. La Rapine devait nous rejoindre plus tard, avec son bébé, une fille… Toi, ma petite Lucie ! Mais elle arriva bien avant et se joignit à nous, dans la cabane. Elle ne se sentait bien qu'auprès de Jean. À peine étions-nous à l'intérieur et attendions-nous les ordres de Jean, que les hommes de Kling nous encerclèrent et mirent le feu à la cabane. Nous ne pouvions pas sortir, la porte avait été coincée de l'extérieur. Affolé, ne sachant trop ce qui arrivait, Jean sauta par l'une des fenêtres de la cabane, mais ils l'ont attrapé et l'ont rossé à coups de bâtons jusqu'à ce qu'il rende l'âme, sous les yeux horrifiés de la Rapine. À l'intérieur de la cabane, on suffoquait. Les flammes nous entouraient. Il fallait faire vite, le temps était compté. Nous

nous sommes mis à creuser un trou, à mains nues, sous le mur du fond. Quand le trou fut assez grand, la Rapine m'a alors glissé le nourrisson dans les bras, me faisant promettre de m'occuper de toi, Lucie, s'il lui arrivait malheur. Je lui ai donné ma parole. Elle se rua dans le trou et se précipita au chevet du corps inerte de son compagnon. L'enfant dans mes bras, je me suis jeté au sol à mon tour, puis j'ai rampé jusqu'à elle, en lui criant de fuir, de fuir, de fuir... Mais elle serrait le corps inerte de Jean contre elle, et pendant qu'elle le serrait et l'embrassait, elle subit le même sort que lui. C'est ce qu'elle voulait. Mourir auprès de son homme. Peu lui importait la vie sans lui. Il avait été le seul à lui donner de l'amour. Nos compagnons brûlèrent. Tous. Je suis le seul à avoir survécu. Je t'ai prise avec moi, emmenée ici, et je t'ai donné mon nom : Trimborn.

— Et mon prénom qui l'a choisi ?

— Ta mère... Elle devait se marier avec Jean, le jour de la Sainte-Lucie...

Blaise resta pensif un long moment. Les autres ne dirent mot, comme si le silence était sacré. Puis Blaise reprit.

— Jadis l'histoire avait fait grand bruit. Certains habitants témoignaient avoir entendu les cris des agonisants la nuit du drame. D'autres, le râle de la Rapine maudissant ceux qui avaient massacré son amoureux et leur promettant de se venger depuis l'au-delà. Depuis ce jour, les Obernois restent persuadés que l'âme de la Rapine, meurtrie par les souffrances endurées, ne trouve pas le repos et rôde autour de la Vigne bleue.

## 29

# Délivrance

Trois jours s'étaient écoulés depuis les révélations de Blaise à Lucie. Trois jours durant lesquels la conscience de cette dernière la persuadera de se rendre à Saint-Nabor pour retrouver sa grand-mère, Marie-Louise Kling. Et pourquoi pas la ramener avec elle au bois des Châtaigniers ? Confortée par cette idée, elle avait prévu une petite bourse, s'il venait à l'esprit des Kling de faire des histoires.

Le dimanche suivant, un jour gris et venteux, Blaise attela Fossile. Une heure plus tard, le char à banc hoquetait sur le chemin caillouteux en direction de Saint-Nabor. Comme le temps promettait d'être instable, on avait déplié la bâche. Blaise et Lucie avaient pris place sur la banquette avant. Dans l'habitacle, la Marotte et Victorin étaient assis en face de Marie et Folle-Guenilles.

— Hua ! retentissait la voix de Blaise au rythme des claquements de fouet sur le sol. Hua ! Hua !

Fossile, la vieille carne, comme on la surnommait, caracolait fièrement à travers bois, comme si elle était consciente de la mission qui lui incombait. Dans la voiture, tous, silencieusement, regardèrent défiler le paysage. Sur la banquette avant, Blaise prit la main de Lucie dans la sienne pour la rassurer. Il devinait l'inquiétude dans laquelle elle se trouvait depuis leur départ et se demandait s'il avait bien fait de lui révéler le secret de sa naissance.

Après quelques kilomètres, voilà qu'au détour d'un virage, Blaise tira brutalement sur les rênes. Fossile hennit et pila aussitôt. Un jeune homme, debout sur le bas-côté, les mains pleines de boue, et la chemise tachée de graisse noire, faisait de grands signes de la main. Visiblement, il avait des ennuis.

— Que se passe-t-il ? bredouilla la Marotte tirée de sa douce somnolence.

— Tout va bien ? fit Blaise, et se tournant vers le jeune homme et il ajouta. Puis-je vous aider ?

— Ce n'est pas de refus, monsieur, répondit ce dernier poliment. Voici une heure que je me démène à essayer de remettre en place l'essieu arrière de ma voiture qui s'est démis de son moyeu.

Blaise fit une moue. En effet, la voiture penchait dangereusement dans le ravin et pouvait se renverser à tout moment.

Blaise confia les brides à Lucie et sauta de la carriole. Les têtes des passagers se soulevaient, une à une, curieuses, comme des oisillons dans un nid. Marie, plus intriguée encore que les autres, à cause de la voix de l'homme à la fois rauque et mélodieuse, tentait de le distinguer en regardant par-dessus l'épaule de Folle-Guenilles. Mais elle ne vit rien, Blaise et l'homme n'étaient pas dans son champ de vision. Jacques, entendit-elle tout à coup. Il s'appelait Jacques. Il expliquait qu'il revenait d'Ottrott où il avait cherché du vin pour Robert Schann. Marie sourit. La présence de cet inconnu lui plaisait et la mettait en joie. Victorin quitta à son tour la voiture pour prêter main-forte à Blaise. Une opportunité pour Marie qui décida elle aussi d'abandonner le char à banc prétextant vouloir se dégourdir les jambes. Avant de mettre le pied à terre, elle ajusta son bonnet et se mordilla les lèvres, coquetterie, pour qu'elles paraissent plus rouges. C'est ce que lui avait appris son amie, Augustine, pendant son apprentissage à Sélestat.

Folle-Guenilles, qui l'observait depuis un moment, essaya de ne pas éclater de rire, et à sa question, *À quoi joues-tu, Marie ?* Elle n'eut pour seule réponse qu'un haussement d'épaules.

Marie ne vit tout d'abord le jeune que de dos. Il paraissait bien bâti. Grand, athlétique et vigoureux. Tandis qu'elle l'observait, voilà qu'il se retourna ! Leurs yeux se croisèrent. Et là, il sembla à Marie que le sol se dérobait sous ses pieds. Des papillons dansaient dans sa tête. Était-ce un rêve ? Le paradis ? Son être tout entier frémissait face à ce jeune et beau garçon. Lui aussi semblait troublé, la regardant avec une telle intensité qu'on eût dit qu'il la transperçait. Elle ne comprenait pas ce sentiment nouveau qui animait son corps, son cœur, ses gestes. Et pourquoi tout à coup se mettait-elle à souhaiter que le temps s'arrête pour ne jamais plus être séparée du jeune homme ? Comme elle le trouvait adorable avec la petite fossette qui se dessinait de chaque côté de sa bouche quand il riait. Et il riait souvent ! Il s'approcha d'elle et la salua. Il se présenta tout en s'inclinant.

— Jacques Kirn.

La Marotte et Folle-Guenilles, qui avaient suivi la scène, se regardaient avec de grands yeux en pouffant de rire. Puis le sérieux revint. Elles savaient. L'amour, elles l'avaient connu chacune dans leur vie, il y a bien longtemps, mais elles s'en souvenaient toutes les deux. Et Marie n'était plus le petit bourgeon rose, mais une jolie jeune fille que l'amour venait de frapper en plein cœur. Même maman Lucie, renfrognée et triste depuis les sombres révélations de Blaise sur ses ancêtres, s'autorisa un sourire en voyant l'ardeur avec laquelle Marie se démenait pour accaparer l'attention de Jacques.

Quand tout rentra enfin dans l'ordre, Jacques remercia Blaise.

Lorsque la carriole de la petite troupe reprit le chemin et dépassa Jacques, Marie lui fit un petit signe discret de la main. Il en fit autant, ne quittant plus des yeux le char à banc jusqu'à ce qu'il ait totalement disparu.

Le reste du parcours se passa dans une sorte d'euphorie silencieuse, tant pour Marie qui ne cessait de songer à Jacques, que pour le reste de la petite troupe qui s'étonnait de voir leur petite fille avec des manières de petite femme.

Enfin ils atteignirent Saint-Nabor. La ferme des Kling se trouvant à l'opposé, ils traversèrent tout le village. Les rues étaient désertes à cette heure, presque lugubres.

La voiture ralentit devant un grand portail, puis s'arrêta. Un vilain chien noir, attaché par une longe à un bâtiment oblong couvert de tuiles, se mit à aboyer à la vue des visiteurs.

C'était une grande ferme, la plus grande du village. La cour intérieure ressemblait à un vaste champ sur lequel circulaient une cohorte d'oies et quelques volailles qui grattaient la base d'un tas de fumier. Tandis qu'elle quittait la voiture, Lucie considérait cette grande bâtisse témoignant d'une certaine richesse ancienne. Blaise, Marie et Victorin en firent autant.

Un gringalet d'environ quinze ans, le pas lourd et le dos rond, pâle, les cheveux roux, traversait justement la cour, deux seaux pleins d'eau dans chaque main.

— Hep, jeune homme ! Y a-t-il quelqu'un dans la maison ?

Le valet tourna la tête, regarda la petite troupe d'un air de chien battu, haussa les épaules et continua de traîner ses sabots, comme indifférent à ceux qui l'entouraient. Lucie et Blaise suivis de Folle-Guenilles, de la Marotte et de Marie passèrent le portail et se dirigèrent vers ce qui semblait être l'entrée principale de l'habitation. Ils gravirent les quelques marches les séparant de l'imposante porte d'entrée. Une fois face à la porte, Blaise cogna son poing contre le bois dur, et attendit.

Le chien noir aboyait toujours. Il fixait avec hargne la petite troupe, tirant sur sa longe à s'étouffer.

Et la porte s'ouvrit sur un homme rouge et gras d'une cinquantaine d'années. Visiblement, il revenait des champs. Il portait encore aux pieds ses chaussures boueuses et ses vêtements sentaient fort la terre. Le front plissé et l'œil soupçonneux, il dévisagea tour à tour chaque membre de la petite assemblée.

— C'est pourquoi ?

Le silence.

— Alors ? ajouta-t-il encore le ton revêche. Qu'est-ce que c'est ?

Lucie Trimborn se présenta puis expliqua à monsieur Kling qu'elle était la petite-fille de Marie-Louise Kling. L'homme garda le silence, abasourdi. Les traits contractés de son visage se déridaient peu à peu. Il commençait à comprendre.

— Vous êtes Charles Kling ? demanda Blaise.

L'homme tourna son visage tanné vers Blaise et secoua la tête.

— Non. Je suis Louis, son fils.

— Je suis venue rencontrer ma grand-mère, Marie-Louise Kling. Puis-je la voir ? continua Lucie.

Louis ricana.

— La vieille n'a pas la grande forme ces temps-ci. Elle ne sort plus guère. On l'a mise au sous-sol.

— Qué ? brailla une voix de l'intérieur.

— Rien, l'ancien, cria Louis.

— Mais qué ? insista la voix venant de l'intérieur.

— LA FERME ! hurla Louis agacé.

Et d'un ton énervé, il dit à l'attention de Lucie :

— Attendez, je reviens. Je vous la ramène la vieille.

Louis réapparut dans l'entrebâillement de la porte, soutenant par le bras une vieille femme courbée par des années de labeur, et vêtue de haillons. Ses cheveux gris et négligés tombaient sur ses épaules. La petite troupe pétrifiée regardait Marie-Louise Kling, toute déboussolée par la situation, mettre péniblement un pied devant l'autre. Elle tentait de protéger ses yeux avec son bras, éblouie par la clarté du jour.

Folle-Guenilles, la Marotte et Marie, restées au bas du perron, retenaient leur souffle, les yeux rivés sur la porte b ante.

— C'est elle qui te demande, brailla Louis à l'attention de Marie-Louise qui se redressa péniblement pour voir qui la demandait. Son visage s'illumina en découvrant Lucie. Elle lâcha le bras de Louis et s'avança d'un pas hésitant vers la visiteuse, qui prit doucement les mains de sa grand-mère dans les siennes. Elle les sentit froides et tremblantes.

— Qué, qué ? résonna encore la voix de Charles.

Soudain, une femme surgit sur le perron. Ses gestes rapides et brutaux laissaient penser qu'elle était en colère. Elle se planta à côté de Louis et, les mains sur les hanches, jeta des regards venimeux autour d'elle.

— C'est quoi, tout ce remue-ménage ? Qui sont ces gens ? Et la Gourdasse, que fait-elle ici ? demanda la femme d'une voix chicaneuse.

Louis présenta la femme comme étant son épouse. Lucie éprouva tout de suite une forte antipathie pour les Kling. Ils apparaissaient comme des gens sans cœur, rudes et asociaux. Des sauvages !

Au moment même où Lucie entraînait sa grand-mère vers le bas du perron, la voix criarde de madame Kling résonna à nouveau.

— Où elle va comme ça ? Elle reste ici…

Elle n'eut pas le temps de finir sa phrase que Blaise expliqua calmement mais d'un ton assuré à madame Kling, que si lui et ses amis s'étaient déplacés jusqu'à Saint-Nabor, c'était bien pour emmener la grand-mère de Lucie loin de ce lieu malsain.

— Et qui va la remplacer pour faire sa besogne ? Elle nous sert encore. Et elle va nous manquer. Parce qu'on y tient, nous, à not'e Gourdasse, cria la femme de Louis.

Blaise, sur le point d'exploser, la fusilla du regard.

— Elle vient avec nous, avec ou sans votre accord.

Louis et sa femme paraissaient de moins en moins à l'aise. Ils se dévisagèrent. Et si les voisins entendaient ? Il ne faudrait pas que les villageois soupçonnent leur malveillance. À Saint-Nabor, il n'était pas bon d'avoir des histoires. Les histoires se réglaient en famille et non sur la place publique.

— Laisse ! ajouta Louis un ton plus bas en s'adressant à sa femme.

Blaise, voyant leur embarras, en profita pour dire ses intentions de faire intervenir les forces de l'ordre, mais surtout il les menaça de révéler à toute la contrée un comportement inhumain depuis tant d'années envers Marie-Louise et sa fille.

— Qué ? Qué ? émit encore la voix éraillée.

— SILENCE ! hurla Blaise hors de lui. SILENCE Charles Kling, ou je te fais la peau.

Le calme s'installa, lourd, total. Tous se jaugeaient, les bras ballants, attendant la suite. La voix de la femme de Louis rompit le silence. La crainte d'ameuter le village l'obligeait à céder. Elle criailla que la vieille pouvait bien quitter la ferme, que de toute façon elle coûtait bien trop cher et n'était plus bonne à rien. Cela ferait une bouche de moins à nourrir ! Elle donna un coup de coude à Louis afin qu'il ne rajoute rien et tous deux disparurent dans l'entrebâillement de la porte qui se ferma dans un claquement brutal.

Ce fut alors une mêlée joyeuse qui se dirigea vers la carriole. Marie-Louise, soutenue d'un côté par Lucie et de l'autre par Blaise, tremblait de tout son maigre corps, tant la crainte d'un retournement de situation la hantait. Non, elle n'y retournerait pas, plutôt mourir.

Folle-guenilles et la Marotte répétaient sans cesse que c'était bien d'avoir arraché Marie-Louise à cette bande de crapules. Elles lui parlèrent du bois des Châtaigniers, sa tranquillité, sa beauté, sa magie. Là-bas, elle serait chez elle, libre, mais surtout, elle n'aurait plus jamais à craindre personne. Tous y veilleraient.

Deux grosses larmes coulèrent sur les joues de Marie-Louise.

Durant tout le trajet du retour, Marie-Louise insista auprès de Lucie pour faire dire une messe pour son enfant disparue.

Lucie resta silencieuse. Que vont dire les gens, lorsqu'ils apprendront qu'elle est la fille de la Rapine ?

— Je n'ai rien pu faire de son vivant, continua Marie-Louise, mais aujourd'hui qu'elle n'est plus je veux que l'on se souvienne d'elle. Elle aura une stèle décente au cimetière d'Obernai, n'est-ce pas Lucie ?

Lucie lui prit la main et le lui promit.

— Comme tu lui ressembles, Lucie ! C'est *elle* qui t'envoie. Je l'ai tant de fois invoquée, priée et suppliée de me sortir du cauchemar dans lequel je me trouvais, qu'elle a fini par exaucer mes prières.

Pendant toute la durée du retour, Marie-Louise, émerveillée, enivrée par la sérénité du moment, regarda le paysage. Elle humait les senteurs d'automne et goûtait le silence de la liberté.

— Comme vous êtes bons ! Et comme cela me fait du bien !

# 30

## Découverte

Au bois des Châtaigniers, cet automne-là, la vie avait repris son cours et, dans la quiétude des jours qui passaient, Marie-Louise Kling dénommée Mémère depuis son arrivée, réapprenait à vivre. Tous se démenaient pour que la vieille dame reprenne goût à la vie et oublie son rude passé.

Lucie continuait de faire ses marchés. Elle partait tôt le matin et confiait sa grand-mère à Marie, qui, fermement décidée à conquérir les clientes de madame Heitz, passait ses journées à coudre. Les après-midi, comme le temps restait clément et doux, elle installait Mémère devant la maison, à l'ombre du grand saule, et lui dévoilait les secrets de l'aiguille.

— Durant toutes ces années passées à Saint-Nabor, je n'ai pas eu le droit de ravauder. C'est la femme de mon frère qui avait cet honneur. Moi, je m'occupais des bêtes, de l'écurie et des champs… Aujourd'hui, si tu veux bien, tu peux m'apprendre.

— RAVAUDER ! s'écria Marie en posant son ouvrage, mais je ne ravaude pas, je crée… Je coupe dans le tissu, puis je couds. Et quand la pièce est finie, je vends. Regarde ceci, ajouta-t-elle en dépliant la nappe qu'elle était en train de finir, n'est-ce pas une merveille ?

La vieille dame ouvrit grand ses yeux et, comme si elle était consciente de la rareté de l'ouvrage, elle tendit la main pour toucher.

— C'est une nappe. Je viens de broder la dernière rose au centre. N'est-elle pas magnifique ? As-tu remarqué le dessin ? C'est moi qui l'ai imaginée. Je la proposerai à madame Heitz. Elle tient une très jolie boutique à Obernai. Tu connais Obernai ?

Non, fit-elle d'un signe de tête. Pendant que Marie parlait et racontait, elle écoutait sagement, telle une petite fille sur un banc d'école.

Elle était heureuse Marie, oui, comblée, et si fière aussi parce que là-bas au fond du jardin, Blaise lui avait construit son atelier de couture. Un atelier tout en bois, rien qu'à elle, où durant l'hiver, elle pourrait travailler à son aise. Blaise l'avait entièrement repeint, aidé de Victorin, et aménagé d'une longue table et de trois chaises garnies d'un moelleux coussin, d'une armoire et de deux fauteuils.

Cet atelier, qui allait être son gagne-pain pour le futur et sur lequel elle avait fondé son avenir, était sa fierté. Un atelier à elle. À elle toute seule !

Elle vit Mémère frissonner. Elle lui proposa de rentrer. La grand-mère, grelottante, traînait ses pieds jusqu'à l'âtre et s'assit dans la chaise à bascule. Marie recouvrit d'une épaisse couverture les jambes amaigries de la vieille femme et ajouta une bûche dans le foyer. Ensuite elle s'assit à la grande table et termina son ouvrage.

Mémère avait maintenant fermé les yeux et somnolait. Son souffle fort et régulier se mêlait aux crépitements des flammèches. Marie sourit, la dévisagea un moment et se remit à l'ouvrage. Mais voilà qu'en posant ses yeux sur l'horloge, perdue dans le flou de ses pensées, le bout de tissu rouge attira de nouveau son attention. Elle lança un coup d'œil en direction de l'âtre près duquel la grand-mère ronflait doucement et posa son ouvrage. Comme hypnotisée, elle avança jusqu'à la grande horloge. Elle ouvrit le battant et glissa sa main au fond. Ses doigts palpaient le dessus de l'étagère et rencontrèrent un bout de tissu, dans lequel il y avait un objet plus rigide. Elle sortit le tout. Quand elle déplia l'étoffe rouge, quelque chose tomba au sol. Elle s'agenouilla et ramassa un pendentif ainsi qu'un cahier enrubanné. Elle enfouit son visage dans le tissu, le huma, le palpa, le serra comme s'il avait quelque chose de particulier. Elle se rassit et posa le tout devant elle. Mémère ronflait toujours.

Marie tourna et retourna le pendentif. Elle se laissa du temps pour ouvrir le cahier comme si elle voulait faire durer le mystère qui l'entourait. Après un long moment de réflexion, elle défit la boucle du ruban. Le cahier s'ouvrit. Les pages étaient jaunies. Sur la première, elle vit un dessin : des noms de rues, un plan. *Oui, mais bien sûr*, songea-t-elle, *c'était le plan d'une habitation.* La maison était marquée d'une croix et à côté de la croix, un nom était écrit d'une écriture enfantine et appliquée. Celle de Rose Margraff, sans aucun doute !

Marie-Salomé eut un frisson. *C'est donc dans cette maison que vivaient ma mère et ma grand-mère !* Elle tourna doucement la page et lut.

*Lettre à mon enfant chéri.*
*Je suis enceinte du septième mois. J'ai peur. Je ne sais pas ce qu'il va advenir de moi et de toi, là au fond de mon ventre.*
*Mon nom est Rose Margraff. J'ai 25 ans. Je suis la fille de Linette Margraff.*

*Je suis née à Obernai au mois de mars 1855.*
*Ma chère mère est morte hier. Je la regrette déjà bien qu'elle ne se soit jamais vraiment préoccupée de moi. Néanmoins, elle était une femme bonne et généreuse. Un jour peut-être, te dira-t-on du mal d'elle. N'en crois rien, mais elle n'a pas toujours été gâtée par la vie.*
*Aujourd'hui je me retrouve seule, et c'est leur faute à tous.*
*Ma tante Marion, la sœur de ma mère, mariée à Lucien Kappener, m'a proposé de m'installer chez eux, à Nancy. J'ai refusé. D'abord parce que je ne les connais pas très bien, et ensuite parce que je n'ai pas envie de quitter l'Alsace. Les Kappener ont deux fils, Claude et Marcel. Ils sont tes cousins. Si un jour tu devais te retrouver dans le besoin, va les voir à Nancy, tu leur montreras la lettre en guise de bonne foi. Ils t'accueilleront avec joie et te nourriront aussi, comme ils l'auraient fait pour moi. Je ne supporterais pas de te savoir dans la misère. La misère c'est la mort !*

À la hâte, plus bas, d'une écriture tremblotante était ajouté :

*Je dois quitter Obernai. Ils se moquent tous de moi. Ils disent que je ressemble à ma mère. Ce n'est pas vrai. Je sais lire. C'est monsieur le curé Antoine Lorber qui m'a appris, en échange je lui faisais le ménage et la cuisine.*
*C'est décidé, je vais changer de vie, m'installer à Strasbourg un jour prochain, avec toi. Là-bas nous recommencerons à zéro.*

Encore plus loin, le papier paraissait avoir été taché. Des larmes peut-être.

*An 1881,*
*C'est la fête de Pâques aujourd'hui, et je dois fuir. Ce qui devait être un jour de grande joie pour tous, est un jour d'horreur pour moi. Ton père, Robert Schann, m'accuse de traîtrise et de toutes sortes de méfaits. Sa femme me hait. Je ne peux demeurer davantage à Obernai. Je dois fuir, sinon ils me mettront en prison. Je n'ai rien fait de mal.*
*Et encore plus loin !*
*Tu es née au bois des Châtaigniers, à la Pâques. Tu es une fille, mon enfant, quel bonheur ! Une fille. Ma petite fille ! Comme je suis fière d'être ta mère ! Il n'existe pas au monde, et il n'existera jamais un être plus important et plus précieux pour moi que toi, le fruit de ma chair. Je te chéris mon beau cadeau de toute ma tendresse.*
Plus loin encore.
*Quel malheur ! La vie va nous séparer mon enfant. Comme mon cœur saigne et souffre de t'abandonner ainsi à la nature ! Puisses-tu me pardonner le jour où tu trouveras ces notes ! Je me souviens de ton premier cri. Je n'oublierai jamais ta douce et tendre chair blanche, ni mon grand bonheur quand je t'ai prise dans mes bras pour la première fois, ni ma joie à te dorloter, et à te câliner, à te bisouter et à mordiller tes joues rondes, lisses et fermes. Je vais vite revenir, dès que j'aurai un peu d'argent pour t'élever décemment, et payer ton instruction. Je veux que tu deviennes quelqu'un !*
*Je ne t'oublierai pas !*

Marie ne s'était pas rendu compte qu'en lisant, ses yeux avaient inondé le papier jauni du petit cahier. Tout ce qui lui importait était de savoir que sa mère l'aimait. Elle m'aimait donc ! songea-t-elle. Elle voulait revenir me chercher. Pourquoi ne l'a-t-elle jamais fait ? Aurait-elle eu des ennuis ? Eux, ils savaient. Tous savaient ; maman Lucie, tonton Blaise, la Marotte, Folle-Guenilles et Victorin. Depuis toujours. Et ils ne m'ont jamais rien dit.

Troublée par ces révélations, elle ne savait pas si elle devait rire ou pleurer, leur en vouloir ou leur pardonner de s'être tus toutes ces années. Peut-être avaient-ils eu de bonnes raisons de ne rien dire ?

Marie regarda encore une fois tout ce qu'elle avait sous les yeux. Le châle rouge, le pendentif et le petit cahier écrit de la main de sa mère. Comme il était doux pour elle de savoir que sa mère l'aimait et tenait à ce qu'elle le sache ! Pour quelle autre raison aurait-elle laissé ce témoignage troublant ?

Ainsi donc, il y a quinze ans de cela, maman Lucie l'avait recueillie et élevée comme sa fille, parce que Rose Margraff l'avait abandonnée à la naissance ! Son histoire aurait pu être celle d'un de ces contes de fées merveilleux que lui racontait Lucie, le soir, avant de dormir ou encore une de ces histoires mystérieuses que relatait Folle-Guenilles les soirs de veillée.

Tous l'ont aimée ici au bois et tous sont aujourd'hui sa vraie famille ; la Marotte, Victorin, tonton Blaise et Folle-Guenilles. Alors comment pourrait-elle leur en vouloir ? Ils avaient tous, durant toutes ces années, été si bons avec elle. Ils se sont sacrifiés pour qu'elle apprenne un métier ! Non, elle ne leur en voulait pas. Elle les aimait trop.

Néanmoins, l'idée de revoir sa mère un jour prochain lui mettait du baume au cœur. Elles auraient donc été séparées par la faute de ce Robert Schann, celui qui serait son père ?

— Oh mère ! Qu'est-il advenu de toi ? chuchotait-elle. Comment vais-je te retrouver ? Tant d'années nous séparent aujourd'hui.

— Que dis-tu, grommela tout à coup une voix derrière elle. À qui parles-tu ? C'était Mémère qui venait de se réveiller.

Sans rien dire, Marie empoigna le châle rouge d'une main, prit le pendentif et le petit cahier de l'autre, et s'assit à côté de Mémère qui la dévisageait d'un air interrogateur.

— Regarde ce que je viens de trouver. Ce sont des choses de ma mère. Elle me les a laissées. C'est le seul héritage de mes origines. Dans ce cahier elle raconte sa vie et celle de Linette ma grand-mère. Comment et où je suis venue au monde. Elle savait écrire et lire ! dit Marie fièrement.

— Lis-moi donc ce qui est écrit sur ces pages, dit Mémère en devinant la joie immense mais aussi le profond désarroi dans lequel se trouvait la jeune fille.

Marie posa le cahier sur ses genoux et relut avec un grand émoi les mots griffonnés lus quelques instants plus tôt.

Quand elle acheva la dernière phrase, elle fut comme soulagée. Elle n'était plus seule dans la confidence.

— Ah ! Le bougre. Robert Schann serait donc ton père.

Et comme si cette phrase venait de lui donner une idée, la jeune fille se leva subitement, saisit un châle qu'elle jeta sur ses épaules, glissa le pendentif et le carnet dans son corsage, et courut vers la porte.

— Où vas-tu ? demanda Mémère la voix tremblante d'inquiétude. N'y va pas !

Marie venait d'allumer la lanterne accrochée à l'entrée. Avant de passer la porte, elle lui cria de ne pas s'inquiéter.

— Je ne serai pas longue.

Bien sûr que Mémère savait où se rendait la petite, elle allait à l'auberge. Elle voulait voir à quoi ressemblait ce Schann, son père.

*Oh là, là ! Ça sent le roussi tout ça,* songea la vieille dame, alors que Marie dévalait déjà le sentier des Châtaigniers.

Le crépuscule envahissait le bois et la vallée et, sous le ciel obscur, dévoilait les premiers signes de fin d'été. Marie se hâtait. Ses pas pressés résonnaient dans le calme de plomb qui enveloppait les lieux d'une atmosphère mystérieuse.

# 31

# Marie veut déjouer le mauvait sort

Depuis que Robert Schann avait eu vent de cette jeune fille qui ressemblait trait pour trait à Rose Margraff, et qui semblait attirer l'attention sur elle, il vivait dans la crainte d'une confrontation. Les rumeurs allaient bon train, et les vieilles histoires ressurgissaient. C'est d'ailleurs ce qui le perturbait. Et si, par le plus grand des hasards, par le biais d'une conversation, d'une lettre, ou d'une parole en l'air, elle apprenait qu'il était son père ? Et si l'idée lui venait alors de le rencontrer ? Cette perspective le faisait sursauter à chaque fois que la porte de son auberge s'ouvrait.

Lorsque Marie arriva devant l'auberge de la Cloche, elle arrêta sa course effrénée, contemplant la grande bâtisse, l'âme tout à la fois bagarreuse, meurtrie et désespérée. Tout s'entremêlait dans sa tête, ses intentions, les mots griffonnés sur le papier jauni, souvenir de sa mère, Robert, l'injustice subie, son passé volé, sa haine et son malheur. Elle longea la façade de la maison pour s'arrêter devant un carreau par lequel la lumière filtrait. Elle avança son visage, jusqu'à y coller son nez, et regarda au travers de la vitre. Il y avait un peu de monde à l'intérieur. Elle essaya de deviner parmi les gens présents, lequel pouvait être Robert, son père. Était-ce l'homme avec le béret sombre, ou plutôt celui à la grosse moustache et la pipe aux lèvres, ou encore celui qui venait de se lever, enfilant sa veste. Dans un coin de la pièce, autour d'une table, il y avait aussi quatre hommes qui jouaient aux cartes. Serait-ce un de ceux-là ? Une vieille femme maigre, noyée dans sa jupe sombre serrée à la taille par un tablier bleu qui lui descendait jusqu'aux chevilles, sortit de derrière le comptoir pour aller essuyer une table vide. Les yeux de Marie épiaient, farfouillaient, relevant le moindre détail pouvant la mettre sur la voie. Et voilà que par une petite porte au fond de la pièce, un homme apparut, alerte, vif et souriant. Sa physionomie ne lui était pas inconnue. Jacques ! Mais oui, c'était Jacques Kirn ; le jeune homme qui était en panne sur la route de Saint-Nabor. Elle le vit saluer l'assemblée. Cela l'apaisa de le voir, et lui donna du courage. Alors, elle gravit d'un pas décidé les quelques marches la séparant de la porte, la poussa violemment, et entra. Le silence se fit. Les têtes se tournèrent, fixant la fille qui venait d'entrer. Derrière le comptoir, Marylise ne fut pas longue à comprendre ce qu'il se passait. Alice, livide, à quelques mètres d'elle, poussa un petit cri de panique en lâchant le torchon qu'elle tenait à la main. Rose, son cauchemar ! De son côté, Robert pâlit, visiblement mal à l'aise, partagé entre la peur et la honte.

Personne n'avait oublié l'histoire de Rose Margraff, la maîtresse de Robert. La ressemblance de cette jeune fille avec Rose faisait ressurgir tout le passé.

On la regardait sans pouvoir en détacher les yeux. C'était donc elle la fille de Rose ! Oui, cette petite plantée là, au milieu de la salle. Elle était belle comme sa mère l'avait été. Pendant tout le temps qu'on la dévisageait, Marie observait Robert, debout à côté du poêle, un peu comme si son regard pouvait le frapper et lui faire mal. Elle examinait chaque détail de sa personne pour s'imprégner de l'image de celui qui avait trahi sa mère.

— Qu'est-ce qu'elle veut celle-là ? cria Alice au bord de la crise de nerfs. Dehors ! Va-t'en !

Alice, qui n'avait jamais pu oublier ni pardonner l'humiliation subie quinze ans plus tôt, sentit monter en elle la rage et le désir de vengeance. Elle aurait voulu sauter sur cette fille, lui arracher les yeux, lui faire mal et la cogner.

Marie n'avait pas peur. Elle avançait lentement vers le comptoir, le cœur dévoré d'amertume. Lorsqu'elle fut tout près, elle sortit de sa poche le pendentif en forme de rosace ainsi que le petit cahier et les brandit devant les Schann en murmurant.

— Pourquoi ? Pourquoi ? C'est vous qui l'avez fait fuir. Par votre faute j'ai été privée d'elle durant toutes mes jeunes années. Soyez maudits, jusqu'à la nuit des temps !

— Pas de blasphème dans cette maison, gronda Marylise. Vas-tu nous fiche la paix à la fin ?

Robert, statufié, fixait cette toute jeune fille. Il fallait qu'elle s'en aille avant que toute la ville ne soit ameutée et débarque chez lui. Il se précipita vers elle, la saisit violemment par le bras et la traîna vers la sortie pendant qu'elle hurlait en se débattant que si l'idée leur venait d'informer la garde nationale et de la faire passer pour une traîtresse du Reichsland, comme ils l'avaient fait quinze ans plus tôt pour sa mère, elle détruirait l'auberge par les flammes.

— ROBERT, DIS QU'ELLE MENT ! intervint Alice au bord de l'évanouissement. DIS QU'ELLE MENT !

Hors d'elle, et n'y tenant plus, plus par humiliation que par dépit, elle contourna le comptoir telle une furie et se rua si promptement sur Marie et Robert que ce dernier, heurté dans l'action, lâcha le bras de Marie. Alors les deux femmes s'empoignèrent comme des chiffonnières sous l'œil médusé des clients.

Jacques, qui avait suivi la scène, se posta entre les deux femmes non sans avoir pris quelques coups, avant de réussir à les séparer.

— C'est pas bientôt fini ? vitupéra Robert en empoignant sa femme par le bras, tu te couvres de ridicule, ma pauvre Alice.

— Et la faute à qui ? Hein ? La faute à qui ? continuait-elle de crier tout en pleurant.

Tandis que Robert conduisait Alice dans leur appartement au-dessus du restaurant, Jacques à la fois séduit par le courage et la beauté de Marie, l'âme chevaleresque, lui offrit de la raccompagner. Elle refusa. Jacques lui demanda alors la permission de la revoir. Elle répondit oui.

— Où ?

— Au bois des Châtaigniers, lança-t-elle d'un air coquin en se précipitant vers la porte.

Il était tard, mais pas trop tard. Et si elle passait par la cabane, où jadis s'était reposée sa mère ? L'idée l'émoustillait. Elle inspira une longue bouffée et s'engagea dans le sous-bois. Elle marchait vite, comme si elle était attendue, comme si elle craignait que subitement la cabane disparaisse, avant de l'avoir vue. La nuit tombait. Dans la hâte, elle avait oublié la lanterne à l'auberge. Elle mit la main dans sa poche, en farfouilla le fond à la recherche de la petite boîte que lui avait préparée Victorin, qu'elle n'omettait jamais d'emporter, renfermant un bout de bougie et des allumettes. Elle en gratta une, la colla contre la mèche de la bougie qui s'alluma. La flammèche l'éblouit. Elle avança encore à la lueur de la bougie. Quand elle vit la maisonnette ! Elle s'en approcha prudemment, comme si elle craignait de la réveiller. Elle poussa la porte délabrée qui grinça dans la nuit. Marie entra, promenant sa bougie en tous sens et vit dans le coin du fond, une banquette. Elle s'en approcha, agitant sa main devant son visage pour écarter au passage des toiles d'araignées envahissantes. Elle s'accroupit devant la banquette où, quinze ans plus tôt, sa mère s'était sans doute allongée pour se reposer. Elle en caressa le bois humide, le huma comme un animal, puis elle s'y allongea et ferma les yeux. Son corps s'imprégna de l'endroit. Elle tenta d'imaginer ce que sa mère avait bien pu ressentir, jadis, à ce stade de son périple, seule, abandonnée de tous, sans passé et sans avenir.

Soudain, un bruit l'alerta. Elle rouvrit les yeux et vit à travers les carreaux voilés une lumière éblouissante. Elle se précipita aussitôt à la lucarne, essuya le carreau de sa main et tenta de deviner ce qu'il se passait. La lueur était à flanc de coteaux, pareille à un voile blanc et vaporeux enveloppant le corps céleste d'une dame, qui flottait à un mètre environ au-dessus de la Vigne bleue, l'invitant à sortir. La jeune fille hésitait. La Dame en blanc ! Celle dont parlaient les gens du pays ! Le fantôme de la Rapine. La même lumière que celle aperçue un soir de décembre, en revenant des bois avec Blaise et les autres. Le corps lumineux, suspendu, tourna sur lui-même plusieurs fois, et stoppa net face à la cabane. À nouveau, la Dame lui fit signe de la rejoindre. Marie n'avait pas peur. Elle était seulement émue, et surprise. Que lui voulait-elle ? Ce n'était pas par hasard que l'on voyait ce genre de chose. C'est Blaise qui lui avait dit cela. Elle quitta son poste derrière le carreau et abandonna la masure guidée par elle ne savait quel souffle magique. Une fois dehors, la Dame en blanc tendit son bras, comme si elle eut voulu prendre la main de Marie pour qu'elle la suive. Marie avança le bras à son tour et s'étonna de toucher le vide. Néanmoins, elle sentait une sorte de souffle chaud lui caresser la main.

Et ce fut un tourbillon de joie et de bonheur qui réunit les deux femmes dans la fraîcheur de la nuit. *Luuuciiiieeee... Luuuciiiieeee...* murmurait la dame en blanc. Marie avait compris, elle voulait voir sa fille, Lucie.

— Je t'amènerai ta fille... Et ta mère aussi, à la prochaine pleine lune. Ses remords sont grands, tu sais. Elle pleure ta mort depuis des années et souffre de ton absence. Toi seule pourras l'apaiser... Et ta fille seule pourra t'apaiser. Peut-être alors trouverez-vous le repos ?

La lumière que dégageait la dame en blanc suspendue dans les airs devint plus vive, comme si elle eut voulu proclamer sa reconnaissance. Puis elle pirouetta sur elle-même telle une toupie, vite, très vite, dans un mouvement de joie, et elle disparut aussi soudainement qu'elle était apparue.

# 32

# Le retour de Rose à Obernai

*Strasbourg. Mai 1897*

Un jour, en début de matinée, une jolie voiture attelée de deux chevaux s'arrêta allée de la Robertsau, devant une grande et belle demeure, entourée d'un vaste jardin, où frênes et hêtres se disputaient l'espace. La demeure appartenait à madame Roederer, Rose Roederer. Louis, le père de Lucien, en avait fait cadeau aux époux, sous forme de donation, le jour de leur mariage.

Louis Roederer, la soixantaine bien sonnée, qui conduisait lui-même l'attelage, dit à son voisin, maître Ambroise Lépine, en regardant le haut portail en fer forgé qui décorait la façade.

— Madame Roederer ne devrait pas tarder. Elle est de nature ponctuelle.

Le notaire ne répondit pas. Plongé dans le mutisme depuis leur départ, il acquiesça d'un léger signe de la tête.

— Relâchez-vous, Ambroise, que diable ! dit Louis pour détendre l'atmosphère, tout en ajustant son haut chapeau noir. Il fait un temps radieux... J'ai l'impression d'avoir trente ans de moins.

Ses yeux s'assombrirent pourtant. Il songeait à son fils, Lucien, décédé l'hiver dernier, pris dans une rixe entre deux bandes, en plein Strasbourg, alors qu'il rentrait chez lui. Touché à l'abdomen par un couteau, il succomba à ses blessures à peine quelques heures plus tard. C'était à la Saint-Nicolas, un mois après son mariage avec Rose. Le souvenir de Lucien ne le quittait pas, mais il était de ceux qui pensent que la mort n'est pas une fin en soi, et qu'un jour il retrouverait son fils, là-bas, de l'autre côté du miroir. Lucien avait quitté un monde pour en retrouver un autre. Certains soirs pourtant, le chagrin lui éclatait à la figure comme une gifle, le submergeant si désespérément qu'il en pleurait. Lui, Louis Roederer, avait créé un empire, mais n'aurait jamais de descendance. Alors pour qui ? Pourquoi ? Rose ? Il se souvenait très bien du jour où Lucien lui avait présenté la jeune fille. Il avait tout de suite été conquis par son caractère bien trempé. Il n'avait jamais été dupe, se doutant bien qu'elle cachait quelques secrets, mais peu lui importait, elle avait l'air honnête et, chose rarissime, intelligente. Tout de suite il l'avait adoptée.

Aujourd'hui il accompagnait Rose à Obernai pour prendre possession de son bien. Il avait sollicité la présence de son grand ami Ambroise Lépine, notaire réputé à Strasbourg depuis près de trente ans. Ambroise avait toujours été une sorte de frère ami pour Louis, et depuis la mort brutale de Lucien – fatalité du destin, répétait Ambroise –, cette complicité s'était encore renforcée.

La mort de Lucien fut un drame terrible pour tous. Toute la haute bourgeoisie de la région était en deuil. Rose prit en pitié son beau-père, ce sexagénaire qui l'avait si gentiment accueillie dans sa famille et qui, en l'espace d'une nuit, avait vieilli de dix ans. Une semaine après l'enterrement de Lucien, Rose, convoquée chez Ambroise Lépine, se vit remettre une somme de trente mille francs. Lorsqu'elle voulut refuser, le notaire ajouta :

— Monsieur Roederer insiste, madame... De plus il exige qu'il vous soit versé une rente de trois cents francs par mois jusqu'à votre mort.

— Non. Je ne peux pas accepter !

— Je crois que vous oubliez qui vous êtes... Et qui vous avez épousé... Le nom de Roederer est un monument, une histoire, une fortune... Toute personne portant ce nom a le devoir de vivre décemment, et selon certaines règles, notamment, tenir son rang, avait expliqué ce jour-là Ambroise Lépine à Rose, un gros cigare entre les doigts.

Rose ne doutait pas de l'estime et de l'amitié sincère de Louis pour elle. D'ailleurs ne la présentait-il pas dans le monde comme sa fille ? Et depuis trois mois, ne l'initiait-il pas au monde des affaires, exigeant sa présence lors des transactions ? Ne lui apprenait-il pas à le seconder ? C'est bien qu'il avait confiance en elle ! Et, ne l'emmenait-il pas le dimanche chez madame Marion, qui se faisait d'ailleurs une grande joie de retrouver son ancienne pensionnaire.

— Vous m'honorez, père, lui avait-elle dit un jour, alors qu'il l'emmenait déjeuner chez le directeur de la Caisse d'Épargne.

— Rose, tu es ma fille maintenant. Tu garderas mon nom. Devant Dieu, devant les hommes, et devant la loi.

La relation entre Rose et Louis était devenue une sorte de douce et tendre complicité. En lui, Rose avait trouvé un protecteur, une famille. En elle, Louis retrouvait un enfant pour combler le vide que laissait la disparition de son fils.

Rose venait d'apparaître sur le perron de sa maison. Louis la vit se retourner et donner quelques directives à Léa, sa femme de chambre, avant de partir. Puis elle descendit les quelques marches et emprunta l'allée qui menait à la chaussée où l'attendait l'attelage de Louis, la magnifique voiture de couleur noire et bordeaux stationnait devant le portail. Elle admira les initiales LR, gravées en or, sur le coin de chaque portière. La voiture avait été cirée, lustrée pour la circonstance. À mesure qu'elle s'en approchait, elle replongea dix-sept ans en arrière, quand un matin d'automne, en dévalant les escaliers de son logis, rue des Capucins, elle s'était dit : Un jour je serai riche. Un jour je serai riche. Un jour je serai riche, riche, riche. Elle avait réussi. Dix-sept années venaient de s'écouler, oui dix-sept longues années pendant lesquelles elle n'avait pourtant jamais cessé de songer à sa fille.

Les épaules couvertes d'une capeline en dentelle d'une somptueuse beauté et coiffée d'un chapeau fleuri, elle marchait d'un pas fier dans l'allée qui traversait le jardin de la Chenaudière, se grisant du parfum de vanille que donnait aux roses-pommes, aux seringas, aux narcisses en fleurs et aux giroflées la rosée du matin.

En la voyant arriver, si belle dans le matin tranquille, Louis descendit de la voiture et se hâta au-devant de sa jolie bru.

— Belle journée, n'est-ce pas Rose ?

Et, le cœur rempli de reconnaissance, elle dit :

— Oui, père, belle journée pour enterrer le passé.

Si Ambroise Lépine accompagnait Rose et Louis à Obernai, c'est parce qu'il était notaire et qu'il avait en sa possession un acte de vente, signé de Bougras lui-même, nommant Rose Roederer seule propriétaire de l'auberge de la Couronne.

En effet, deux semaines après la mort de Lucien, Rose, dans son immense désarroi, confia son passé à Louis Roederer. Elle lui raconta tout. Linette, Bougras, Robert, sa fuite, l'abandon de son bébé dans le bois des Châtaigniers, son faux nom, ses mensonges. Louis, d'abord stupéfait, avait bien mis dix minutes à réagir, minutes durant lesquelles il prit le temps d'allumer un gros cigare. Après avoir tiré une longue bouffée, il dit à Rose d'une voix rassurante :

— Tu n'as plus aucune crainte à avoir. Je vais tout arranger. Je te disculperai auprès des autorités allemandes, et prouverai ton innocence. Mon fils t'avait choisie pour être à ses côtés pour la vie. C'était un homme bon et honnête, tu dois donc l'être aussi. En ce qui concerne l'auberge de la Couronne, tu vas l'acheter.

— Mais je n'en ai pas les moyens, père !

— Je te les donnerai, les moyens.

Rose s'était levée. Elle s'était jetée dans les bras de son bienfaiteur sans retenue. C'était la première fois depuis la mort de sa mère qu'elle trouvait une épaule sur laquelle poser sa tête.

— Allons, allons, ne pleure pas, tu n'as plus rien à craindre. Et puis, j'ai très envie de connaître ma petite-fille. J'espère qu'elle te ressemble. Je lui apprendrai tout ce qu'elle pourrait encore ignorer. Je suis persuadé que Lucien aurait fait comme moi, s'il avait su.

— Merci pour tout, père.

Sur les chemins de campagne, pendant que Rose admirait le paysage fleuri, Louis et Ambroise échangeaient les dernières directives. Les vergers en fleurs exhalaient mille parfums. Enfin elle allait revoir le lieu de son enfance ! Elle bouillonnait de l'intérieur, se posant mille questions ? Les gens la reconnaîtraient-ils ? Et Robert ? Et sa fille ? Et Bougras ?

***

Ce même jour, à Obernai, l'effervescence régnait. Depuis le matin, un attroupement bruyant s'était formé devant l'auberge des Schann. On attendait. Trois gendarmes étaient postés devant l'entrée et barraient le passage pendant que le commandant Ludwig Maïer, chef de la garde nationale d'Obernai et deux de ses hommes étaient à l'intérieur pour notifier à Robert que son fils Pierre était sous les verrous ainsi que deux de ses complices.

Marylise et Alice, serrées l'une contre l'autre, pleuraient à chaudes larmes.

— Mon fils est en prison ! Mon fils est en prison ! ne cessait de répéter Robert, assis sur une chaise la tête entre ses mains.

— Vous ne le reverrez pas de sitôt, monsieur Schann, et ni votre frère ni ses relations n'y pourront rien changer, dit Maïer rudement.

Pierre et ses deux complices avaient été pris en flagrant délit de vol par effraction. En effet, une semaine avant leur arrestation, un grand nombre de vols avait été commis dans la ville de Barr. Dans la nuit de mardi, les voleurs avaient d'abord dévalisé la villa d'un écrivain publiciste bien connu. La nuit suivante, ils volaient le contenu du coffre-fort du percepteur. Deux jours plus tard, ils s'attaquaient à la villa de monsieur le maire, emportant des vases antiques, et bijoux, détruisant et saccageant sauvagement ce qu'ils ne pouvaient emporter avec eux.

La nuit dernière ils avaient été pris en flagrant délit, en train de forcer à coups de hache la porte du domaine d'Eugène Oster, comptable de son état, parti depuis une semaine sur la côte méditerranéenne.

Tandis que Ludwig Maïer prenait congé des Schann, le joli carrosse des Roederer passa devant l'auberge de la Couronne. À la vue de la voiture, la foule s'emballa, curieuse. On entendit une voix s'élever.

— Qui est-ce ?

— Les gens qui ont acheté la Couronne.

— À la bonne heure, rétorqua aussitôt un homme au crâne rasé.

— C'est donc vrai ce qu'on raconte ? Bougras a vendu ?

— Valait mieux pour lui ! ricana une femme à la physionomie revêche. Il n'a plus de clients, en dehors des ivrognes comme lui, qui boivent à l'œil.

Les premiers curieux s'empressèrent de suivre la voiture. Lorsqu'elle s'arrêta devant chez Bougras, certains se mirent à tourner autour de l'attelage, caressant du bout des doigts le bois brillant. Des *oh* et des *ah* admiratifs fusaient de toute part.

— As-tu vu sa cravate ? C'est de la soie, pour sûr. Et je m'y connais, dit une lingère à sa voisine, une rouquine, un panier rond débordant de linge sous le bras, et qui, à force de se dresser sur la pointe des pieds, faillit perdre l'équilibre.

— Par tous les saints du ciel ! murmura tout à coup Thérèse, l'ancienne cuisinière de Bougras, mais c'est Rose Margraff ! Et elle se signa du signe de la croix.

— Oui, mais bien sûr, la fille de Linette, confirma un homme dans la foule.

# 33

## Tel est pris qui croyait prendre

Devant l'auberge de Bougras, la foule continuait de s'amasser. Une foule en majorité féminine, curieuse, empressée, comme aimantée par l'opulence et les bonnes manières de ces gens bien soignés qui venaient d'arriver.

Ambroise Lépine, sa sacoche sous le bras, avait peine à se frayer un passage. Il était passé devant Rose et Louis, et une fois sorti de la bousculade, il avança d'un pas résolu vers la porte close de l'auberge.

— Mais laissez-moi passer, enfin ! s'irritait-il.

La bousculade était à son comble. On s'empressait d'atteindre le premier rang pour ne pas perdre une miette du spectacle qui se préparait. Pour sûr qu'il va se passer quelque chose ! dit la boulangère qui, dans sa hâte, avait gardé son panier de pains à la main.

Dans la rue les gens couraient, se questionnaient. *Qui est-ce ? Où ça ? Quand ? Pourquoi ?* Les bazars se vidaient. Les fenêtres des maisons alentour s'étaient garnies de curieux.

Louis tenait Rose par les épaules comme s'il craignait de la perdre ou que quelqu'un ne lui fasse du mal. Celle-ci, droite, fière, le triomphe au bout des doigts, jubilait en son for intérieur.

— Mais c'est la Margraff ! entendit-on dans la foule.

— Oui, c'est elle.

Ambroise Lépine, qui venait d'atteindre la porte défraîchie de l'auberge, s'était mis à taper de sa paume contre le bois vermoulu.

— Qu'est-ce que c'est ? hurla une voix de l'intérieur.

Le silence tomba, net, brutal. Rien ne se passait. Rose et Louis entendaient les chuchotements d'une foule excitée qui s'amplifiaient dans leur dos. Rose se tourna et pâlit. Un homme venait droit sur elle. La foule s'écartait pour laisser passer Robert. Aussitôt ressurgirent dans sa mémoire les heures d'errance et de famine !

Robert la trouva belle, encore plus belle que dans ses souvenirs. Elle avait des allures de grande dame à qui la vie semblait avoir souri.

Il n'avait plus de retenue et osa même lui adresser la parole.

— C'est bien toi, Rose ?

— Robert !

Mais Louis intervint et fit tout de suite référence au passé, insistant sur le fait que Robert n'avait pas été honnête en accusant Rose de trahison auprès des autorités allemandes, pour s'en débarrasser…

— C'est inqualifiable ! Un procès vous attend. Vous allez devoir répondre des fausses accusations propagées envers ma belle-fille. Je ne vous lâcherai plus.

— Taisez-vous. Comment osez-vous étaler ma vie sur la place publique ?

— Mon pauvre Robert, intervint Rose qui tenait le bras de son beau-père. Tu m'apparais si laid que l'idée même de m'imaginer avoir pu un jour t'embrasser me soulève le cœur.

— Petite garce…

Il n'eut pas le temps de finir sa phrase que déjà Louis s'avançait pour obliger Robert à s'excuser auprès de madame Roederer.

Tous avaient maintenant les yeux rivés sur Robert Schann. Certains citoyens, férus de patriotisme, regardaient d'un mauvais œil cet homme qui prônait l'honnêteté et le patriotisme alors qu'il avait livré à l'ennemi une pauvre fille pour une histoire sentimentale. La foule s'excitait, se pressant de plus en plus près. Personne ne voulait rater le dénouement de cette confrontation.

— Ouh, Ouh ! criait-on dans la foule. Ton fils est déjà en prison, Schann ! T'iras le rejoindre bientôt.

Rose ne put s'empêcher d'ajouter.

— Te souviens-tu Robert, du jour où tu m'avais offert le pendentif ? Ce même jour ton fils est né. Tu m'as dit alors : il sera un monsieur. Aujourd'hui, c'est un bon à rien.

Robert, fou de rage, inquiet aussi, tourna les talons.

# 34

# Règlement de compte

La porte du restaurant La Couronne s'ouvrit brutalement. Un homme mal habillé, les cheveux hirsutes, prêt à bondir, hurlant son mécontentement d'avoir été dérangé, apparut sur le perron.

— Qu'est-ce que c'est ?

Imposant et sûr de lui, Ambroise Lépine s'avançait vers l'aubergiste qui, sur ses gardes, l'observait. Tandis que le notaire agitait les feuillets tirés de sa sacoche au-dessus de sa tête et entamait la lecture de leur contenu à voix haute, Ludwig Maïer et deux de ses hommes venaient de rejoindre monsieur Roederer. Le commandant de gendarmerie s'enquit auprès de ce dernier de la cause de ce tumulte. Louis Roederer n'eut pas le temps de répondre, déjà s'élevait la voix grave et solennelle du notaire.

— Moi, Ambroise Lépine, en la qualité de mes fonctions de notaire à Strasbourg, je suis mandaté par madame Rose Roederer, la nouvelle propriétaire de l'auberge de la Couronne, pour procéder, aujourd'hui même, à l'expulsion de monsieur Benoît Grasser, dit Bougras… Ce jugement à effet immédiat désigne ma cliente, et sur-le-champ, propriétaire de la bâtisse et de ses dépendances.

À la fin de la déclaration, Ludwig Maïer rejoignit Ambroise Lépine. Il voulait examiner le document. Après l'avoir scrupuleusement parcouru, il dut se rendre à l'évidence : le notaire était dans son bon droit. Il fit un signe de la tête en guise d'acquiescement à l'attention de ses hommes. Puis, il se tourna vers le restaurateur.

— Rassemblez l'essentiel, monsieur Grasser, et quittez les lieux. C'est un ordre !

Debout dans l'entrebâillement de la porte, Bougras, qui ne semblait pas avoir conscience de la gravité de la situation, hurla à l'attention de l'assemblée.

— DE QUEL DROIT ? Qui vous donne ce droit ?

— SILENCE ! se fâcha Maïer, sommant Bougras de quitter l'auberge sur-le-champ, sans quoi il se verrait dans l'obligation d'employer la force. Vous occupez la propriété de madame Rose Roederer.

— Personne n'entre ici ou je le tue ! Et d'abord qui est Rose Roederer ?

— C'EST MOI, s'éleva une voix claire dans la foule. ROSE MARGRAFF. Je suis la fille de Linette. Te souviens-tu d'elle ?

Tandis que Rose s'avançait lentement vers Bougras, ce dernier ouvrit de grands yeux, fixant cette jolie dame dont l'élégance lui éclaboussait la vue. Il les ouvrit d'ailleurs si grand qu'on eût dit qu'il allait les perdre. Puis, il essuya son front de la paume de sa main, et lâcha un rire gigantesque, hystérique.

— On dit qu'il n'a plus toute sa tête. Et l'alcool ça n'aide pas, dit quelqu'un.

Maïer se tourna vers la foule et jaugea l'homme qui venait de s'exprimer.

C'était l'ouvrier Albert Mathis. En voyant tous les regards dirigés vers lui, il ôta son béret et s'avança d'un pas.

— Ben quoi, c'est vrai, ajouta Albert, il faudrait l'enfermer. Tout le monde le sait ici.

— Tout le monde sait quoi ? exigea Maïer.

Une petite dame habitant la maison accolée à l'auberge, les mains encore pleines de farine, s'écria !

— Tout le monde sait qu'il est fou. Il serait temps que les autorités prennent leurs responsabilités avant qu'il n'arrive un drame.

Des personnes dans l'assistance réagirent. Ils soutinrent Albert Mathis et la petite dame, dénonçant à leur tour les pratiques singulières et choquantes de Bougras. Personne n'ignorait à Obernai que le tenancier de l'auberge de la Couronne était ruiné et qu'il faisait l'aumône trois fois la semaine dans une ruelle contiguë à la Halle aux blés.

— Et pourquoi est-il ruiné ? se moqua un rouquin.

Des rires et des railleries montèrent de l'assemblée. Quelqu'un hurla :

— S'il avait moins troussé, il n'en serait pas là.

Le silence tomba lorsqu'Albert Mathis se mit à raconter les mauvaises manières de Bougras.

— Il se dépouille de ses vêtements, en public, et se retrouve aux yeux des passants dans le plus simple des appareils.

Les visages se stupéfiaient à ces révélations. On se mit à chuchoter. Une ambiance de tragédie s'installait.

— C'est vrai ! Ma petite Marthe qui a onze ans, a eu si peur un jour en le voyant ainsi dévêtu, qu'elle a pleuré pendant une semaine, la pauvrette.

Et les témoignages fusaient, intenses et haineux.

— Pourquoi n'avez-vous jamais prévenu les autorités ? demanda Maïer. Vous n'êtes pas sans ignorer que la mendicité et le vagabondage sont des délits. Emmenez-le et enfermez-moi cette énergumène ! cria Maïer à ses hommes.

Quatre gendarmes empoignèrent Bougras, qui, surpris, se mit à crier comme si on le menait à l'abattoir.

— La bâtisse est à vous, madame Roederer, s'inclina Maïer devant Rose.

Quand Bougras, agrippé par deux gendarmes, passa devant Rose, elle lui dit simplement :

— Je t'avais prédit que tu paierais pour Linette Margraff. J'ai recueilli auprès de tes amis des témoignages te désignant dans des sales histoires de contrebande… Les autorités en seront friandes.

Bougras fulminait, criant sa haine, prenant à témoin tous les démons du purgatoire afin qu'ils lui viennent en aide.

*Il y a un bon Dieu*, songea Rose qui prit le bras de monsieur Roederer. Tous deux entrèrent dans l'auberge bras dessus, bras dessous.

— Pas de regret ? lui demanda son beau-père en posant sa main ridée sur celle de Rose. Elle fit non de la tête.

— Les travaux démarreront la semaine prochaine. J'ai vu le maître d'œuvre, hier. Tout est prêt.

C'était un beau jour. Rose avait le sourire aux lèvres. Elle savourait sa victoire. La réalité allait au-delà de ses espérances.

Lorsque la voiture reprit la route pour Strasbourg, déambulant sur la chaussée cabossée, elle salua de sa main gantée la foule en émoi.

— Reviens vite, Rose ! Tu es toujours des nôtres !

Pourquoi faut-il que tout arrive toujours trop tard ? songea-t-elle.

# 35

# Le fantôme de la Vigne bleue

Tandis que le fiacre roulait, Rose regardait défiler les façades en rêvant. Soudain, un tissu exposé dans une vitrine de boutique attira son attention. Sur l'étoffe en question était brodée une rosace. Intriguée par le dessin qui lui rappelait celui du pendentif que lui avait offert Robert des années plus tôt, elle demanda à Louis d'arrêter la voiture.

Surpris, Louis tira les brides, et l'aida à descendre. Louis et Ambroise s'étonnèrent de la voir s'arrêter devant une échoppe et coller son nez contre la vitre. En réalité, Rose détaillait de plus près le dessin de la rosace brodée. Et là, elle resta stupéfaite. Incroyable ! Devant ses yeux se trouvait la copie exacte de la rosace du pendentif offert par Robert, jadis. Sept rosaces formant un cercle au centre de la nappe, sept répliques absolument identiques à celle du pendentif. Elle perçut cela comme un signe, un appel. Cela la perturba si fortement qu'elle décida de rentrer dans l'échoppe pour connaître l'auteur de cette merveille. À l'instant même où elle allait saisir la poignée, la porte de la boutique s'ouvrit sur une dame grassouillette et joviale visiblement tout agitée de l'intérêt que portait une si élégante personne à sa boutique.

— Entrez madame… J'ai d'autres merveilles à l'intérieur. Vous êtes ici à la boutique la plus fréquentée et la plus moderne de toute l'Alsace.

Rose suivit madame Heitz jusqu'au comptoir, et s'enquit aussitôt de la magnifique pièce aux rosaces, exposée dans la vitrine.

— N'est-ce pas qu'elle est belle ? C'est une toute jeune fille qui l'a brodée. Voici encore, ajouta madame Heitz en dépliant l'une des deux taies posées sur le comptoir. C'est la même jeune fille qui a fait ceci.

La rosace y était brodée. Abasourdie, Rose demanda si la jeune personne en question était du coin.

— Oui. Elle vit au bois des Châtaigniers.

Sans savoir pourquoi, troublée, Rose laissa échapper :

— J'achète toutes les pièces de la demoiselle.

Interloquée, madame Heitz regarda la dame en face d'elle et dit :

— C'est qu'il y a aussi deux robes…

— Je prends tout, madame.

— Marie sera contente.

Saisie d'une forte émotion, Rose balbutia.

— Ma-Marie ?

— Oui, répliqua madame Heitz, La jeune fille en question se prénomme Marie-Salomé Trimborn…

Rose quitta la boutique en serrant fort le paquet contre elle, un peu comme l'on serre un être cher. Lorsqu'elle eut rejoint Louis et Ambroise dans la voiture, elle leur confia ses espoirs au sujet de cette jeune couturière nommée Marie.

— Ne t'emballe pas, Rose, dit Louis, la déception ne sera que plus dure si tu te trompes.

Mais comment exprimer ce qu'elle ressentait ? Elle avait une intuition : l'auteure de ces rosaces brodées ne pouvait être que sa fille ! Louis, en voyant Rose si bouleversée, lui promit de faire mener une enquête sur la jeune personne en question.

***

Victorin qui avait assisté à la scène devant l'auberge de Bougras, car il était sorti de l'église au moment où la jolie voiture des Roederer s'était arrêtée devant La Couronne, se mit en route pour le bois sans tarder. Il grimpait la côte de toutes les forces qui le portaient encore.

— Tu vas t'étouffer à courir si vite, tu n'as plus vingt ans, se moqua gentiment Lucie au moment où il poussa la claire-voie.

— Un petit schnaps, dit-il simplement sous le regard interrogateur de ses amis, il me faut un petit schnaps.

— Dans quel état il nous revient !

Après que la Marotte l'eut servi et que tous se furent assis autour de lui, Victorin se mit à raconter ce qui venait de se passer chez Bougras.

— J'ai vu la mère de Marie comme je vous vois ! Rose Margraff en personne. C'est elle la nouvelle propriétaire de La Couronne… Et chez madame Heitz, elle a acheté toutes les pièces de la petite.

— Tu rêves ! répondit la petite troupe en chœur.

— Et pourquoi donc aurait-elle acheté toutes les pièces de Marie ?

Il ôta son chapeau et se gratta le dessus de la tête en grimaçant.

— Elle a reconnu la rosace.

Lucie, la Marotte, Folle-guenilles et Blaise le dévisagèrent.

La première demanda.

— Cela se peut-il ?

***

Un soir d'août.

La nuit venait de tomber. La lune était ronde et blanche, suspendue au-dessus de la terre comme une citrouille lumineuse. Elle éclairait la campagne dessinant les ombres de la nature qui bougeaient au rythme de la brise. Marie-Louise, Lucie et Marie venaient toutes les trois de traverser le bois où haies et buissons mangeaient le chemin, rendant malaisé le passage où les jupes s'accrochaient aux branchettes. Marie marchait en tête, suivie de près par Marie-Louise emmitouflée dans un châle, et par Lucie. On était à la fin août et Marie était décidée à percer le mystère de la Vigne bleue. *Viens par une nuit de pleine lune !* lui avait dit la Dame en blanc.

La soirée était douce, inondée d'une tiédeur dorée. Là-bas, au bout du chemin, le ciel touchait la terre.

— C'est ici que nous allons nous installer, dit Marie quand toutes les trois eurent atteint un muret longeant la Vigne bleue.

— Pour faire quoi ?

— Chut ! Il nous faut simplement attendre.

Marie déplia la grosse couverture qu'elle avait emportée et l'étala au pied du mur.

— Asseyez-vous, dit-elle en s'adressant à Lucie et à Marie-Louise.

— Mais Mémère va prendre froid ! s'exclama Lucie. Nous devrions rentrer, Marie, les autres vont s'inquiéter.

— Faites-moi confiance, reprit Marie le regard pétillant d'impatience et de joie. Vous allez voir.

Lucie fit asseoir sa grand-mère en lui disant de s'adosser au muret et d'allonger ses jambes.

— Tu es bien installée, grand-mère ?

— Oui, dit-elle avec un rire enfantin en tirant son châle jusqu'à son cou, on devrait faire ça plus souvent, dit-elle encore, j'ai l'impression d'avoir retrouvé mes vingt ans.

Les ombres allongées dans le bouillonnement de la nature donnaient un air mystique au lieu. Lucie, assise au bord de la couverture, s'amusait à arracher, une à une, les brindilles d'herbe qui entouraient les bords de la couverture. Marie-Louise, pour animer l'atmosphère, raconta quelques anecdotes amusantes du temps de sa jeunesse. Puis elles causèrent du passé. Marie demanda à maman Lucie de lui raconter comment elle avait été trouvée dans le bois. Et pourquoi personne ne lui avait jamais parlé de son passé avant qu'elle ne trouve les documents dans l'horloge.

Peu à peu les heures passèrent. Les trois femmes se donnèrent la main comme pour se rassurer.

— Allumons la torche, dit Lucie. Je n'y vois plus.

— Non. Cela pourrait l'effrayer.

— Mais qui ?

Lucie n'eut pas le temps d'insister que déjà, à cinq mètres à peine devant elle, apparut une lumière éblouissante, qui se transforma en un voile et se mit à flotter au-dessus de la Vigne.

— Mais, mais... balbutia Marie-Louise les yeux écarquillés. C'est ma fille !

Immobile, figée devant cette apparition inattendue, Lucie rayonnait de bonheur. La Dame blanche s'approcha d'elle, l'enveloppant de sa lumière. Mère et fille se retrouvaient. Elles se parlaient sans que quiconque ne comprenne ce qu'elles se disaient.

— Moi aussi, mère, tu m'as manqué toutes ces années.

Puis le voile blanc flotta tout autour de la Vigne bleue, pour s'arrêter à l'emplacement de la cabane, où jadis la dénonciation et la souffrance avaient tué Jean, son fiancé.

Elle revint ensuite auprès des trois femmes, tel un éclair fugitif et se rapprocha de Marie-Louise. Celle-ci, le visage illuminé par la grâce qui lui était faite, glissa son regard dans celui de sa Rapine, et leurs deux corps à l'unisson ne firent plus qu'un. Une voix s'éleva, céleste, et murmura.

— *Mère. Oh, mère. Le remords de t'avoir abandonnée si lâchement m'a rongé toutes ces années. Je t'ai laissée seule face à nos tortionnaires, et je n'avais pas le courage de revenir vers toi, bien que consciente des souffrances que ta famille te faisait endurer. Je n'ai jamais trouvé le repos depuis. Un mot de toi suffira à me le rendre. Le pardon. Pardonne-moi.*

Marie-Louise, le visage inondé par les larmes, fit oui de la tête.

— Je te pardonne.

La lumière devint éblouissante. Il était impossible d'en fixer l'éclat plus longtemps. Les trois femmes fermèrent les yeux. Lorsqu'elles les rouvrirent, la Dame en blanc avait disparu.

— Cette fois, c'est fini ! Elle est libérée de tout remords… Elle est partie en paix vers un nouveau monde, un monde où elle sera heureuse, enfin ! bredouilla Marie-Louise.

Les trois femmes restèrent longtemps assises au pied du muret cette nuit-là. Quand l'aube s'annonça, elles s'en retournèrent au bois, dans un silence serein et joyeux.

# 36

## Le retour

*Septembre 1897*

Le lendemain de sa visite à la boutique de madame Heitz, un voile brumeux s'étirait au-dessus de Strasbourg.

Rose se tenait à la fenêtre du premier étage de sa maison, et attendait. Le rideau légèrement poussé de côté, elle observait à s'en abrutir le coin de la rue, espérant à chaque instant voir apparaître l'attelage de Louis Roederer. Celui-ci devait l'accompagner à Obernai. Aujourd'hui Rose et Marie allaient se retrouver. Rose était beaucoup plus troublée qu'elle ne l'avait imaginé.

Les semaines précédant ce départ, Ambroise Lépine lui-même s'était déplacé au bois des Châtaigniers pour recueillir les confidences de Lucie Trimborn. Les preuves apportées sur les origines de Marie Trimborn et son existence au bois étaient sans équivoque, notamment le pendentif que Marie portait autour de son cou à sa naissance. Lucie lui confia le bijou pour le montrer à Rose qui le reconnut.

Au fond, Robert Schann avait contribué indirectement aux retrouvailles de Rose et de Marie grâce au pendentif offert à Rose du temps de leur liaison. Marie, obsédée par l'idée de retrouver sa mère, se servit du dessin du pendentif dans l'espoir qu'il soit reconnu. Elle broda la rosace sur toutes ses créations espérant ainsi attirer l'œil de celle qui l'avait mise au monde. Elle eut raison !

Rose abandonna un instant son poste de guet pour retourner devant le miroir. Elle ajusta son chapeau avec des gestes maladroits, tapota nerveusement ses joues pour se donner bonne mine, puis retourna près de la fenêtre. Il ne fallait pas qu'elle manque l'arrivée de Louis ! C'était ainsi depuis une heure, un va-et-vient incessant qui l'obligeait maintenant à s'essuyer le visage parce qu'elle avait chaud.

Elle jeta un coup d'œil en direction de la pendule. Louis lui avait bien dit neuf heures. Il était neuf heures moins cinq. Il ne devrait plus tarder.

En effet, quelques minutes plus tard, le somptueux attelage de Louis s'arrêta devant la grille. Rose, tout excitée, suffoquant de bonheur, prit son ombrelle posée sur la crédence et se précipita vers le grand escalier menant au rez-de-chaussée. Dans la précipitation elle faillit renverser Irma, la bonne.

— Embrassez la petite Marie pour moi, madame ! Eut-elle le temps de lancer dans le dos de sa maîtresse.

Au rez-de-chaussée, Léa, la cuisinière, l'attendait. L'ayant vue descendre les marches avec une ardeur démesurée, elle s'empressa de lui ouvrir la porte. Rose glissa devant elle, non sans oublier de la saluer, puis s'élança dans l'allée. Elle ne pouvait contenir l'explosion de joie qui s'était emparée de son âme, de son cœur, de son corps tout entier. Dans quelques heures elle serait auprès d'elle !

## 37

# Rose et Marie

Un franc soleil de fin d'été égayait le bois en s'infiltrant à travers les feuillages des hêtres et des chênes. Aujourd'hui était un jour particulier au bois des Châtaigniers. Jacques Kirn était invité à déjeuner chez les Trimborn.

Depuis l'aube, Marie courait dans toute la maison, secouée d'éclats de rire réjouis.

— On dirait une étoile filante, riait de bon cœur Blaise qui nettoyait avec un torchon humide une vieille bouteille de cognac du bon vieux temps qu'il avait conservée avec amour.

Dans cette ivresse matinale qui faisait perdre un peu la tête à Marie, les gens du bois s'activaient. Les douze coups de midi sonnèrent quand sa voix claire s'éleva dans la maison comme un chant joyeux.

— Le voilà ! Le voilà !

Jacques, endimanché, le pas alerte comme quelqu'un qui est pressé d'arriver là où on l'attend, venait tout juste de passer la barrière. Quand il vit Marie venir vers lui, il sourit de bonheur. Elle était heureuse en le découvrant si magnifiquement beau et si convenable. Elle s'efforça de se contenir pour ne pas lui sauter au cou.

Le doux et tendre rêve qu'elle avait fait la nuit qui suivit l'équipée à Saint-Nabor lui revint tout à coup en mémoire. Elle était en montagne avec Jacques. Il lui tendait la main. *Prends-la… Prends-la,* disait-il. Un doux frisson l'envahit en resongeant à cette vision. Cette même nuit, elle avait aussi rêvé de sa mère. Celle-ci était tombée dans un gouffre profond. Suspendue dans le vide, elle était seulement retenue par sa robe restée accrochée à la pointe d'une roche. Elle aussi tendait la main pour qu'on l'aide à sortir, et Marie s'était réveillée en sursaut.

Aujourd'hui Jacques était là ! Et rien ne pourrait entraver le bon déroulement de cette radieuse journée qui s'annonçait.

— Marie est si belle ! murmura la Marotte à Folle-Guenilles. Il l'aime.

— Installez-vous ici jeune homme, proposa Lucie, entre Marie et Victorin. Vous arrivez à point pour la soupe. Elle est chaude.

Blaise, en bout de table, coupa les tranches de pain. Victorin servit le vin.

— C'est du bon, dit-il en faisant une moue de connivence à l'attention de Jacques.

Ce dimanche-là, autour de la table, on causa, on rit, on discuta. Folle-Guenilles s'informa sur les intentions du jeune homme, et sur son avenir. Que comptait-il faire dans la vie ? Avait-il de quoi nourrir une famille ? Dans cette agitation bon enfant, un bruit attira soudain l'attention de la petite assemblée. À travers la fenêtre grande ouverte, ils virent un beau cabriolet s'arrêter dans un nuage de poussière devant la claire-voie. Ce n'était pas un attelage du coin, il était bien trop éclatant, sans doute celui d'un visiteur ou encore de gens de passage, égarés.

— Qui est-ce ? s'enquit Blaise comme si les autres pouvaient savoir.

Stupéfiés, tous se levèrent de table en fixant le bel attelage. De la magnifique voiture descendit un homme en chapeau haut-de-forme et élégamment vêtu. Il aida une dame à sortir. Elle était belle avec son large chapeau clair.

— Oui c'est ici ! C'est bien ici ! criait joyeusement une voix de l'intérieur de la voiture.

L'homme au chapeau haut-de-forme aida une troisième personne à sortir de la voiture.

— Mais... C'est la Pied-Bouillie ! s'exclama Lucie les mains sur les hanches, surprise par cette apparition. Mais qu'est-ce qu'elle manigance, celle-là ?

— Voyez, je vous l'avais dit que c'était ici ! s'égosilla-t-elle à l'attention des personnes qui l'accompagnaient.

L'homme à l'allure princière s'essuya le front ; la dame qui l'accompagnait souriait.

Intriguée, Lucie se pressa à leur rencontre.

— Sommes-nous bien chez madame Lucie Trimborn ? demanda l'homme d'un ton courtois.

— Oui... C'est moi. Mais... Qu'est-ce ? Vous avez dû vous tromper de route, ce chemin ne mène nulle part, sinon dans les bois. Mais venez vous asseoir un instant, et pourquoi ne pas partager notre déjeuner ? suggéra-t-elle.

Le visage de Victorin s'illumina tout à coup.

— Je vous reconnais. Vous êtes les personnes que j'ai vues l'autre jour, à Obernai, chez Bougras.

— Je suis Louis Roederer, et voici Rose Roederer, enfin Rose Margraff, ma bru.

À la vue des visiteurs, le visage de Marie se transforma, et avant que quiconque ne pût dire mot, elle s'élança dans les bras de celle qui lui avait donné la vie. Rose ouvrit ses bras, et entre deux sanglots, elle gémit.

— Mon Dieu, je l'ai retrouvée... Je l'ai retrouvée ! Toutes ces années je n'ai vécu que dans l'espoir de te retrouver...

Louis, qui sentait l'émotion l'étrangler, s'approcha de Marie et lui dit en la serrant contre lui.

— J'ai perdu mon fils Lucien, mais j'ai trouvé une fille en Rose, et voilà que j'ai aussi une petite-fille...

Ce dimanche-là, l'après-midi se déroula dans l'allégresse. La fête battait son plein. Jacques regardait amoureusement Marie, avec cette lueur qui disait, tu n'as plus rien à craindre.

La nouvelle de la rencontre de Rose et Marie s'était répandue à toute allure dans les environs. Dans le courant de l'après-midi défilèrent curieux et anciens collègues d'usine, monsieur le maire et son épouse, madame Heitz, Odette la boulangère, Maribolle, le vieux Georges, Gervais Freiss, Rollbie, Bourlingue, Aloïse Lux et sa femme, les voisins de la rue des Capucins.

C'est ainsi que Rose apprit que Bougras avait été interné dans un asile d'aliénés le mois qui avait suivi son arrestation.

— C'est bien ainsi, dit-elle simplement.

Dans cette émotion collective, on réapprit à s'apprécier. L'amour unissait les cœurs et les esprits et c'était comme si tous ne faisaient plus qu'un.

# Épilogue

Dès l'année suivante, Jacques Kirn reprit ses études de médecine. Il fut très brillant. Pendant tout ce temps, il envoya de nombreuses lettres à Marie. Dans l'une d'entre elles il la demanda en mariage. Elle accepta.

Pendant que Marie attendait le retour de Jacques, elle s'installa dans l'auberge de la Couronne que sa mère lui donna en héritage. Elle transforma la bâtisse en école de couture.

Au rez-de-chaussée, Jacques y installerait son cabinet. Elle était sûre qu'il serait un grand médecin ; le plus grand.

Blaise, la Marotte, Folle-Guenilles, Mémère et depuis peu la Pied-Bouillie ne quittèrent jamais le bois des Châtaigniers où Marie se rendit souvent.

Et dans cette exaltation de chaque instant, Marie savait que désormais ses ancêtres reposaient en paix. Plus rien jamais ne les troublerait. Elle y veillerait. Rose était bien la fille de Linette et d'Antoine Klein.

*Le même sang que celui de la Rapine coule dans mes veines*, songea Marie, *sinon jamais je n'aurais pu voir son fantôme.*

Rose demeura à Strasbourg, dans la maison de l'allée de la Robertsau. Elle et Marie se retrouvèrent chaque semaine.

Rose gérait avec Louis les affaires Roederer et devint, au sein du cercle restreint des hommes d'affaires de Strasbourg, un membre avec lequel il fallait compter.

Elle rencontra Victor à plusieurs reprises, lors de soirées mondaines. Elle en tomba éperdument amoureuse. Lui aussi, du moins le disait-il. Ils se fréquentaient depuis un an lorsque Rose s'aperçut qu'elle n'était pas la seule femme dans sa vie. Humiliée, accablée et désenchantée, elle sombra dans un profond désespoir. Louis l'emmena en voyage, une année entière, pour lui faire oublier ses déboires sentimentaux et lui redonner goût à la vie et aux affaires.

— L'amour est un privilège… Privilège auquel je ne peux prétendre, lui dit-elle un soir, blottie dans ses bras.

— Moi, je serai toujours là pour toi… Je…

Il n'en dit pas davantage. Il ne pouvait lui avouer qu'il l'aimait depuis le premier jour où il l'avait vue.

— Oui, Louis ? Je t'écoute.

— Rien. Je vais rentrer, demain nous rencontrons de nouveaux investisseurs, et il va falloir être à la hauteur.

— Tu l'es toujours, murmura Rose. Tu l'as été avec moi aussi, quand tu m'as permis d'épouser ton fils. Grâce à toi, je suis ce que je suis aujourd'hui. Je te dois tout, Louis.

Il sourit simplement et quitta la maison, heureux. Au fond, elle lui appartenait déjà ! Pour le reste, ce n'était qu'une question de temps.

# Le pinceau du roi

## MARTIAL DEBRIFFE

1675. Martin von Wertheimer, un jeune peintre passionné, quitte l'Alsace, sa région natale, pour monter à Paris et tenter de conquérir le monde des arts. Il laisse derrière lui l'amour de vie, Catia, la femme de son frère, qu'il n'a pas le droit d'aimer. Dans la capitale, le talent du jeune homme est vite remarqué et sa réputation atteint les oreilles du monarque lui-même. Auréolé de sa formidable protection, Martin va de succès en succès, de commandes en commandes, découvrant les plaisirs éphémères de l'amour et de la gloire. Malgré tout, les fastes de la cour ne parviennent pas à lui faire oublier la belle Catia, la première femme qui a emporté son cœur. Il est tenté de revenir auprès d'elle, mais on ne s'échappe pas si facilement de la toile d'araignée de Versailles...

Intrigues et passions : le destin tumultueux d'un peintre à Versailles.

# Le fils perdu

## MARTIAL MAURY

Sur la photographie jaunie d'un vieux magazine, Olivier reconnaît Lili, sa grand-mère. L'article la présente comme une actrice connue dans les années 40. Pourquoi n'a t-il jamais rien su de ce passé ? Et pourquoi, dans le village du Périgord où sa grand-mère a fini sa vie, personne n'en parle jamais ? La découverte de cette photographie conduit Olivier sur les pas d'une jeune fille de la haute société bordelaise. Dans les années 1900, Lili avait déshonoré sa famille et son père l'avait mise à la porte. Elle avait alors changé de nom et refait sa vie avec un officier de marine. Quand Olivier découvre la véritable histoire de ses grands-parents, il porte progressivement un autre regard sur sa famille. Et il perce peu à peu les secrets qui ont pesé comme une chape de plomb sur des générations…

Secrets de famille, passion et mensonges.
Un homme à la découverte de ses origines.

Achevé d'imprimer en août 2017
sur les presses de la Nouvelle Imprimerie Laballery
58500 Clamecy
Dépôt légal : septembre 2017
Numéro d'impression : 708247

*Imprimé en France*

La Nouvelle Imprimerie Laballery est titulaire de la marque Imprim'Vert®

# LES SECRETS
# DE LA
# VIGNE BLEUE